노 모어 나이트메어

노 모어 나이트메어

이도해 장편소설

|주|자음과모음

차례

一切有爲法 如夢幻泡影

일체유의법 여몽환포영

如露亦如電 應作如是觀

여로역여전 응작여시관

모든 현상이 인연의 법칙을 따르니

꿈, 허깨비, 물거품과 그림자 같고

이슬과 번갯불과 같아

마땅히 그대로 보아야 한다.

_금강경

여기 방문객들은
꼭 우리가 무당인 줄 안단 말이야

내가 금강 같은 세 가지 방법으로 몸은 금강처럼

단단히 마음은 허공같이 비우며 광명의 힘으로 무명을 태운다

천상에서 지하의 모든 장애를 없애니

악한 마음을 버려 불법에 귀의하라

……

옴 소마니 소마니 훔 하리한나 하리한나 훔 하리한나 바나야

훔 아나야 혹 바아밤 바아라 훔 바탁

아.

지겹기가 짝이 없다.

누런 것은 종이요, 붉은 것은 글자라.

내가 뭘 쓰고 있는지 분간도 안 될 즈음 붓을 내렸다. 손끝과 비

숫하게 굽어 있던 허리를 세워 사무실을 둘러본다. 오천 원이면 모든 걸 살 수 있다는 가게처럼 진열대엔 각기 다른 사이즈의 상자들이 빼곡하고, 노란 괴황지(회화나무 열매로 염색한 노란 종이. 부적용 종이로 쓰인다) 안에 든 물건들은 시간의 먼지를 조금씩 먹어가고 있었다. 진열대 너머 통창에는 언제나처럼 명조체 글자들이 평범한 척 매달려 있다.

귀신 들린 물건

저주받은 물건

싸게 매입합니다

일주일 걸러 한 번씩 주변 주민들에게 민원이 들어오는 문구다. 근데 뭐라 바꾼단 말이야? 저것보다 직관적이지 않으면 손님이 하나도 없을 게 분명한걸.

카운터에선 사장님인 사뫼가 골골대는 노란 털보 녀석을 안아 쓰다듬고 있었다. 오늘은 민원 전화 하나 울리질 않네. 정말 한가하고 평화롭고, 참으로 지겨운 풍경이다. 아무래도 더 이상은 못 참아. 주사(부적을 쓸 때 사용하는 안료. 인주의 재료이기도 하다) 냄새도, 괴황지의 바스락거리는 질감도.

일부러 이런 타이밍을 노린 것은 아니다. 나는 사뫼를 좋아하니까.

“사장님!”

끼야옹!

길냥이 털보가 사뫼의 팔등을 할퀴고 열린 문밖으로 뛰쳐나갔다. 사뫼가 소리를 지른 내 쪽을 쳐다본다. 나는 뜨끔해서 눈을 피했다. 나쁜 짓 한 것도 아니고, 그저 아주 조금 마음먹기만 해도 저 눈을 마주 보는 게 이렇게나 힘들다.

“왜, 왜 그래? 무슨 일이야? 뭐가 나타났니? 설마 봉인되지 않은⋯⋯.”

“그런 게 아닙니다.”

“응?”

“지겹습니다.”

이쪽으로 다가온 사뫼의 표정이 미묘하게 풀어졌다.

“지겹다니, 뭐가?”

“팔이 떨어질 것 같습니다.”

“붙어 있는데?”

아니, 사람이 이렇게 공감 능력이 없어서 되겠냐고. 나는 사뫼의 얼굴 바로 옆, 허공 어딘가를 바라보며 목소리를 높였다.

“사뫼! 이건 꼭 벌 받는 거 아닙니까? 차라리 학교를 다시 다니는 게 낫겠습니다! 벌써 몇 장이나 이 말입니다.”

그러고는 내 옆에 쌓인 종이들을 가리켰다.

“어휴, 너 그런 마음 먹으면 못써.”

그제야 뭔 소린지 알아차린 사뫼가 나지막이 꾸짖었다. 하지만 난 이미 반항하기로 마음먹었다.

"못 쓴다뇨? 이런 마음으론 부적 못 쓴단 말입니까? 제 걱정은 안 되십니까? 제가 부적 쓰는 기계는 아니잖습니까."

사뫼가 정수리를 긁적거렸다. 또 뭐라 하려고 했겠지. "네가 부적 기계라고 생각한 적은 없는데?" 뭐 이딴 거. 그런 말 했담 봐라. 아무리 사장이라도 기름에 불이 붙는 게 어떤 건지 알려 줄 테다.

그런 내 맘을 읽었는지 사뫼가 물었다.

"왜 또 그러는데?"

"저 이제 현장 보내 주십쇼!"

나도 이 지긋지긋하고 평화로운 공간을 떠나 역동적인 일을 하고 싶다. 역동적이기만 한가? 사람들에게 꾸벅꾸벅 감사 인사를 받는 폼 나는 일이기도 하다.

내 드림 잡. 그것들을 실제로 상대하는 일 말이다.

"안 돼."

"저도 이제 열일곱 살입니다."

"넌 성인이 아니잖아. 게다가 현장 일을 하려면 영안도……."

"그러면 저는 삼 년 동안 사무실에서 부적이나 써야 합니까?!"

절에 있었을 때부터 쫓아온 '영안'이라는 단어에 결국 가슴속에서 스파크가 튀었다. 문틀이 벌어진 오래된 유리창이 살짝 흔들릴 정도로 소리를 질러도 화는 그대로였다.

“남을 위해 부적을 쓰는 게 얼마나 덕을 많이 쌓는 일인 줄도 모르고…….”

사뫼가 말을 이었다.

“……그렇게 현장에 나가고 싶어?”

긍정 신호에 입을 합 다물고 고개를 끄덕였다.

“좋아, 이번에 현장 한번 뛰어 봐. 안 그래도 네 또래를 찾는 일이 있거든.”

갑자기 심장이 쿵쿵 소리를 내며 뛰었다. 아까까진 내가 심장이 있는지도 몰랐는데. 행복으로 콧구멍이 벌름거렸다.

“진짜로 말입니까?”

“응, 의뢰인 두 시에 온댔어.”

사뫼의 차분한 말투 때문에 날뛰던 심장이 조금 가라앉았다. 하지만 입가가 위로 치솟는 것은 막을 수 없었다.

“감사함다!”

깍듯하게 인사를 하고 시계를 보니 벌써 오후 한 시 이십 분이었다. 사뫼가 주머니에서 무언가를 꺼내 내밀었다. 개화기 시절에나 썼을 법한 알이 동그랗고 오래된 철 테 안경이었다. 내가 한때 엄청 탐냈던 사뫼의 귀물, 만화경이다.

‘영안 없이는 현장 못 뛴다더니. 사뫼야말로 그 말이 틀렸다는 걸 알고 있잖아.’

냉큼 만화경을 받아 들었다. 콧노래가 절로 나오려는 걸 이 꽉

깨물고 참았다. 자리로 돌아가는 내 등 뒤로 사뢰의 목소리가 또 렷하게 들렸다.

"또 정신 잃고 싶지 않으면 그런 거에 홀리지 말고, 똑바로 해."

"네, 알겠습니다!"

*

"제 딸이 사라졌어요."

마흔에서 쉰 사이 나이로 보이는 중년 여성은 절박한 얼굴로 손바닥만 한 액자를 하나 내밀었다. 나는 방금 사뢰에게 교육받은 의뢰인 면담 규칙을 하나씩 떠올리며, 쓰고 있던 만화경의 테를 한 번 추켜올렸다.

첫 번째 규칙. 의뢰인의 영혼이 멀쩡한지 확인할 것.

만화경 렌즈는 뭐로 보나 평범한 중년 여성을 비추고 있는 중이다.

"따님이 실종됐다고요."

"예, 여기 제 딸이요. 보이세요?"

그럼 그 딸의 영혼은?

낡은 액자 속 사진에는 의뢰인이 지금과는 다르게 활짝 웃고 있었다. 그리고 그 옆에 교복을 입은 여자애가 의뢰인의 어깨를 감싸고 있었는데, 중단발에 눈이 약간 둥글며 다소 수줍은 미소를 짓고 있는 것으로 보아 내성적인 티가 났다. 윗입술과 턱 모양으로 봐선 고집스러운 관상이기도 했다.

하지만, 이 애도 영혼은 멀쩡한걸.

"학교와 집만 오가던 순하기 짝이 없던 앤데, 집에 안 들어온 지 벌써 일주일이나 지났어요…….."

두 번째 규칙. 사건이 우리 쪽 일인지 확인할 것.

"일주일이나 지났다라. 경찰에 신고는 하셨습니까?"

나는 사뢰 흉내를 냈다. 사뢰가 의뢰인과 하던 대화 순서는 외우고 있으니까, 풍월을 읊는 서당 개 수준은 되지.

"신고는 당연히 했죠. 근데 이상한 사람 취급만 당했어요. 경찰이, 글쎄……."

의뢰인이 뜸을 들였다. 나는 대놓고 말했다.

"말해 보시죠. 절대 이상한 사람 취급 안 할 테니까."

"그, 우리 딸이 원래부터 없는 사람이라는 거예요."

"아……."

호언장담을 해 놨는데 진짜 이상한 사람이면 어쩌지?

"어떻게 그럴 수가 있어요? 우리 애 방도 있고, 침대도 있고, 교복도 있는데! 혜리가 쓰던 게 다 남아 있는데!"

의뢰인의 목소리가 점차 떨렸다. 곧 울 것 같아서 갑 티슈를 그 앞으로 밀어 주었다.

"이 사진만 해도 그래요. 제 아들한테 보여 주니까 저밖에 안 보인다고 하고, 남편도 정신 차리라고, 우리한테 언제 딸애가 있었 냐고 그러면서 남처럼 하나도 기억을 못 하고!"

혹시나 하는 마음을 보다 확실히 하기 위해 만화경을 벗었다. 급격히 피로해진 눈이 뻑뻑하게 느껴졌지만 일단 사진을 다시 살폈다. 평온한 미소를 짓고 있는 중년 여성과 교복을 입은 여자 애……는 없네. 딸의 모습이 지우개로 지운 것처럼 싹 사라졌다. 의뢰인을 의심한 것이 무색하게 한 번 더 보아도 마찬가지다. 액 자 속 사진에는 지금 내 앞에서 곧 눈물을 흘릴 듯한 여성이 미래 를 모른 채 빙긋 웃고 있을 뿐이었다. 나는 왼쪽 눈 옆 관자놀이를 주물렀다.

"그러게, 맞네."

머릿속으로만 생각한다는 게 입 밖으로 나갔다. 의뢰인의 눈썹 이 꿈틀 올라갔다.

"뭐가 맞아요? 혹시 제 딸 안 보이세요? 그쪽도 제가 지금 거짓 말을 하고 있다고 생각하시는 건가요?"

비슷한 일을 많이 당하면 넘겨짚기도 쉽다는 거, 이해는 한다. 하지만 난 지금 귀물을 사용한 여파로 피곤하다고. 예민해진 의 뢰인이 피로한 내 표정을 오해할까 싶어 필사적으로 빙긋 웃어 보였다.

"맞다고 한 건, 이 건이 저희 일이라는 뜻입니다. 혹시 따님이 마지막으로 갔다고 짐작되는 곳이 있다면 알려 주시겠습니까?"

“우리 딸 여기 보이는 거 맞죠?! 제 기억이 잘못된 게 아니죠?”

묻는 것에 대답해 주면 좋겠는데. 만화경을 벗어 책상 위에 두었는데도 왠지 계속 피곤해졌다. 아, 이 액자 때문일지도 몰라. 액자에서 시선을 떼고 사진이 아래로 가게 뒤집어 놓았다. 오래되어 액자 뒷면이 반들반들 닳아 있었다.

“네, 제가 방금 확인했습니다. 어머님, 흥분을 가라앉히시고 따님이 마지막으로 간 곳을 확인해 주시겠습니까?”

의뢰인이 천천히 숨을 골랐다.

“지주역일 거예요. 수능 끝나고 초등학교 동창들 만나기로 했다고 하더라고요. 며칠 전부터 설레 했는데.”

“지주역이라고요.”

“네, 초등학교 졸업식 날 그 친구들 데리고 지주역 근처 중식당에서 밥을 먹였었는데, 기념 삼아 거기서 만나기로 했다고 그랬던가…….”

지주역이면 유명한 스폿이고, 추정되는 곳도 몇 군데 있다.

“근데 가 보니까 그 중식당이 망해서……. 그래도 애 아빠랑 여기저기 둘러봤어요. 하지만 아무도 모른다고……. 사진을 보여 줘도, 전단을 붙여도 아무것도 안 보인다고 해요. 정말로 제가 기억하는 딸이 존재하는 게 맞는 거죠?”

나는 천천히 세 번째 규칙을 복기했다. 의뢰인의 정보가 교란되어 있는지 확인할 것.

“이거 좀 봐 봐요.”

의뢰인이 내 쪽으로 휴대폰을 내밀었다. 화면에 전화번호가 하나 띄워져 있었다.

우리 딸
000-0000-0000

“이것도 이리 되어 있어서, 한때는 제가 이상한 건가 생각한 적도 있었는데요…….”

0만 나열된 번호를 보자 확신이 들었다. 세 번째 규칙에도 부합한다. 그래도 확인은 해 봐야겠지.

“휴대폰 사진첩에도 딸 사진은 하나도 남아 있지 않아서 너무 황당했는데……. 남편은 제가 정신이 이상해졌다고 자꾸 병원에 가자고만 하니.”

“이쪽으로 전화해 보신 적 없으시다면 제가 통화 버튼을 한번 눌러 봐도 되겠습니까?”

“하지만 이 번호로는 어디에도 안 걸릴 텐데요…….”

의뢰인이 내게 휴대폰을 건넸다. 통화 버튼을 누르고 신호음을 기다렸다.

십 초.

일 분.

오 분째 무음. 나는 전화를 끊었다.

"이제 됐습니다."

전화를 돌려받은 의뢰인이 고개를 갸웃했다.

"뭐가 됐다는 거죠?"

"충분한 정보를 얻었습니다."

"어, 정……정말인가요?"

"네, 그렇습니다. 어머님, 이제 돌아가셔도 됩니다. 실종자의 얼굴도 확인했고, 장소도 대략 알 것 같으니 댁에 가셔서 기다리시면 됩니다."

내가 지을 수 있는 최대한의 믿음직한 표정을 지어 보였다. 어린놈이라고 무시할 수 없을 정도로. 그러자 이상한 대답이 돌아왔다.

"동자님! 확실하신 거죠? 내 딸이 있었고…… 찾아 주신다고요!"

한때 동자승이었긴 한데, 동자님은 아닌데요. 나는 다시 입을 다물었다. 여기 방문객들은 꼭 우리가 무당인 줄 안단 말이야.

쳇, 나는 영안도 없는데.

나만 아무것도 없다. 영안도 신력도 아무것도. 하다못해 길고양이 털보보다 못하다.

"네, 필요하면 연락 드릴게요."

"그럼 결제는……?"

“이 액자 하나면 됩니다.”

책상 위에 놓인 액자를 가리켰다. 자세히는 모르지만, 일반 가정집에 있어서는 안 될 물건인 것이 틀림없다.

“그 사진……, 혜리가 찍혀 있는 유일한 사진인데…….”

“이걸 주시지 않으면 일이 시작이 안 됩니다.”

결국 의뢰인의 눈에서 눈물이 방울방울 떨어졌다. 사진 속 빈 부분을 한참 쓰다듬던 여자는, 내게 잘 부탁한다는 말을 남기고 액자를 건넨 뒤 자리에서 일어섰다.

사뫼에게 보여 줄 테다. 이번 기회에 ‘능력’이 일절 없어도 현장에 나갈 수 있다는 걸 증명해 보일 작정이다. 사실 일반인 중에서도 규칙 준수와 판단력만으로도 심령 스폿에서 멀쩡히 살아 돌아오는 사람들이 있다. 그런데 내가 못 할 게 뭐람?

책상 위에 있는 잉크 카트리지와 만년필 들 그리고 노란 포스트잇과 액자를 대충 옷 주머니에 나눠 담았다. 사뫼가 조금 놀란 눈을 했다.

“혹시 의뢰인 사건 현장에 나갈 준비를 하는 거니?”

“네, 지금 나가려고 합니다.”

“벌써?”

“아마 그 애, ‘미래가 오지 않는’ 곳에 묶여 있는 것 같습니다.”

사뫼가 턱을 긁적였다.

20

"흐음……, 현장도 나가 보지 않고 확신하는 근거는? 단순히 그곳이 식당이라서 그런 건 아니지? 그것들의 음식을 먹으면 시간과 기억의 법칙이 흐트러진다는 건 유명한 이론이지만, 거기 계속 식당이 있으리란 법은 없잖아. 그것들이 음식을 먹이는지 아닌지도 지금으로선 불확실한데?"

나는 차분하게 설명했다.

"어머님이 따님 전화번호 흔적을 아직 가지고 계셨습니다. 아마 제대로 지워지지 않은 것 같은데, 전화해 봤더니 어떤 소리도 들리지 않고 오 분이나 지났습니다."

"그게 무슨 상관인데?"

"번호가 없거나 전화가 꺼졌다면 전화를 연결할 수 없다는 안내가 떠야 맞습니다. 근데 신호음도 안 들리고, 안내 음성도 안 나온다는 건 첫 신호가 실종자의 휴대폰으로 수신되고, 발신하기 위해 몇 분 동안 '연결되는' 중이라는 거잖습니까?"

"그런가."

"그건 실종자 휴대폰이 수·발신하는 통신 전파가 이 세계와는 다른 시간선의 영향을 받고 있다는 얘기일지도 모릅니다. 그래서 저는, 실종자가 이 세계와 공간 좌표는 공유하지만 시간의 법칙이 다른 공간에 있을 가능성이 있다고 생각했습니다."

"아하, 그래서 '미래가 오지 않는' 현장에 있다는 거구나."

"지금으로선 가장 확실한 가설입니다. 거긴 이쪽 기준으로 볼

때 시간이 거의 멈춰 있는 것처럼 보이니까요."

사뫼가 반쯤 고개를 끄덕이자 기분이 좋아졌다.

"한번 나가서 확인해 봐, 그게 맞는지. 만화경은 챙겼어? 내가 만화경 규칙을 일러 줬던가?"

제가 모를 리가요. 나는 기계 목소리를 흉내 내어 말했다.

"첫째. 만화경은 착용자에게 영안 효과를 냅니다. 둘째. 만화경을 세 시간 이상 쓰면 착용자의 안구가 영구적으로 손상됩니다. 셋째. 만화경을 삼 일 이상 쓰면 착용자의 영혼이 만화경에 결박됩니다."

"잘 알고 있구나. 네가 영안이 있었으면 걱정할 일도 없을 텐데."

거기까지 말한 사뫼가 잠시 입을 다물었다. 찰나의 어색한 공기가 주변으로 흩어졌다.

"아이, 또. 자꾸 이런 말 해서 미안."

"괜찮습니다! 미안하다고 하지 마십시오. 절 구해 주신 생명의 은인이 사뫼입니다."

"그래……, 혹시나 해서 또 말하지만, 다시는 그런 일 있으면 안 돼."

허리를 딱 세우고 자신 있게 말했지만, 사뫼에게선 여전히 염려 섞인 대답이 돌아왔다. 이번 일만 잘 끝내면 사뫼도 더 이상 날 못 미덥게 생각하진 않을 거야. 나는 마음을 추스르며 카운터를 지나쳐 가게를 나왔다.

"들어가기 전에 히든 규칙 살펴보는 것 잊지 말고, 잘하고 와!"

유리문 안에서 사뫼가 손을 흔들었다. 아까 내가 냅다 소리를
질러 문밖으로 도망쳤던 털보가 그르렁대는 소리를 들으며, 나는
깍듯하게 고개를 숙였다.

인간을 미혹하는 것은
언제나 눈에 잘 들어온다

지주역은 우리와 같은 일을 하는 사람들에게서 핫 플레이스로 자리매김하고 있는 나름 알려진 심령 스폿이지만, 나는 단 한 번도 가지 못했다. 일단 여유 시간에도 경을 베끼고 부적 만드는 일을 해야 했고, 사무실 규칙상으로도 내가 그런 곳에 방문하려면 사뢰의 승인이 필요하다. 일도 없는데 현장 방문을 한다는 건 정말 자존심 상하는 일이어서, 한 번도 심령 스폿에 가 보고 싶은 걸 내색하지 않았다.

하지만 사뢰는 오늘 내가 현장에 가는 걸 허가했다. 그것도 필경사가 아니라 퇴마사로서! 뭐, 사뢰가 나를 전반적으로 미덥지 못하다고 생각하는 것은 알지만, 그런 사장님까지도 내가 괴이를 연구해 온 시간만큼은 신뢰한다는 이야기다.

어렸을 때부터 나는 이상한 현상들을 추적해 왔다. 그것 때문에 죽을 뻔하기도 했지만 어쨌든 지금까지 살아 있으며, 앞으로 살아 있을 동안에도 그것들에 대한 관심을 끊기는 쉽지 않겠지. 해온 스님도 사뢰도 항상 내게 잡념에 현혹되지 말라고 일렀는데, 제 존재 자체가 잡념 덩어리인 것을 어찌합니까.

과거의 기억들이 두근거리는 마음 한편의 무게추가 되어 현장으로 향하는 설렘을 눌렀다.

"어제 그래서 개한테 연락했어? 잘못했다고 그래?"

"몰라. 확 한판 붙어 버릴까 보다."

"아직도 연락 안 했어?"

지하철 옆자리에서 내 또래로 보이는 교복 입은 애들이 그 나이의 언어로 재잘댔다. 아마도 수능이 끝난 고3들이겠지. 의뢰인의 딸 나이와 같다.

잡념의 세계로 들어가기로 마음먹은 이상, 일을 제대로 해내야 한다. 머릿속으로 사건 개요를 정리했다.

실종자: 오혜리(19세, 여)

 ↳ 일주일 전 초등학교 동창생들과 약속이 있다며 나가서 돌아

  오지 않음.

 ↳ 최상위권 성적의 우등생.

 ↳ 평소 품행이나 교우 관계 등에 문제가 없었음.

 ↳ 영혼은 온전히 존재(만화경으로 확인)하며, 아직 살아 있는 듯.

 ↳ 엄마인 의뢰인을 제외한 모든 사람의 기억에서 지워졌음.

 ↳ 실종자에 대한 정보 교란 발생. 다행히 모든 정보가 삭제되
  지는 않았음.

 ↳ 같은 공간의 다른 시간선에 존재할 가능성 높음.

 ↳ 추정 소재지: 지주역 검의빌딩 2층. 육 년 전 중국집이었음.

의뢰인이 알려 준 딸의 정보를 다시 한번 되새기고 있는데 안내 방송이 울렸다.

"다음 역은 지주역, 지주역입니다. 내리실 문은 오른쪽입니다."

나는 떠들고 있는 학생들을 뒤로하고 열차에서 내렸다.

역 주변 분위기는 어딘가 음울하여 아무것도 느끼지 못하는 나 같은 사람도 꺼림칙한 느낌이 들었다. 구도심 특유의 낡은 건물들은 정겹다기보다는 쓸쓸하게 느껴졌다. 사람들이 찬 바람에 외투를 여미고 눈살을 찌푸리며 지나갔다.

"없어진 중국집이 여기 2층이랬나?"

미리 찾아 둔 육 년 전 블로그 리뷰를 다시 살폈다. 건물 외관을 찍어 놓은 사진이 꼭 같았다. 아이보리색 타일이 회색이 되어 있고 타일 몇 개가 떨어진 것만 제외하면. 2층의 간판이 달려 있어야 할 위치에는 중화요릿집임을 알리는 붉은 용 모양 글씨체가 사라지고, 마치 래커로 칠한 그라피티처럼 'ROOM ESCAPE'라

고 쓰여 있었다.

괴이 추적자 커뮤니티에도 몇 개의 글이 검색됐다.

지주역 근처 망한 방 탈출 카페

난도: ★★☆☆☆

생존 수칙 공유합니다. 우선 입구 쪽을 잘 살펴보시면……

"그래도 이곳이 시간선이 다르다는 후기는 없는데."

뺨을 긁적이며 건물 안으로 들어섰다. 엘리베이터가 없는, 2층으로 올라가는 길이 중앙 계단 하나뿐인 구식 빌딩이었다. 건물 로비의 수위실에는 아저씨 한 명이 의자에 앉아 졸고 있었다.

"선생님, 뭣 좀 여쭙겠습니다."

"으응?"

아저씨가 눈을 끔뻑이며 나를 바라보았다.

"2층 방 탈출 카페, 언제 문 닫았습니까?"

"글쎄, 한 한 달 됐나? 보름인가? 언제였지……. 잘 기억이 안 나네. 얼마 안 된 거 같은데?"

"으음……."

"왜, 거기 들어가려고? 아서! 얼마 전에도 유튜번가 뭔가가 나 몰래 들어가려 했다가 바로 문 앞에서 귀신 보고 거의 반 기절해서 도망 나왔댔어.”

“부럽다……. 아니, 이게 아니지. 예, 알려 주셔서 고맙습니다.”

일반인들한테까지 소문이 퍼질 정도면 말 다 했다. 수위실을 지나치려는데 등 뒤에서 아저씨의 고함이 들렸다.

“귀신 보고 그런 거 부러워하면 안 돼! 무슨 경을 치려고!”

맞는 말이다. 아무것도 모르는 아저씨도 깨우친 것을. 다시 고개를 돌려 아저씨를 바라보았다. 아저씨는 걱정스러운 얼굴로 이쪽을 바라보고 있었다. 나는 주머니에서 만년필을 꺼내 주사를 넣어 둔 새 카트리지를 끼웠다. 내가 포스트잇에 무언가를 적자 아저씨의 시선이 따라왔다.

“이거 지니고 있으십시오. 감사해서 드리는 겁니다. 단, 보이는 곳에 두면 안 되니 지갑 속에 넣으시면 됩니다.”

그러고는 포스트잇을 정중히 건넸다. 남에게 줄 줄 알았으면 제대로 된 괴황지를 가져왔을 텐데.

“응? 이게 뭐여. 부적인가?”

“네.”

아저씨가 포스트잇을 지갑에 넣는 동안 나는 건물을 나가는 척한 바퀴 돌아 중앙 계단의 담 쪽 사각을 통해 2층으로 올라갔다. 누구든 제정신이라면 오고 싶지 않을 장소였다. 창은 깨져 있고, 전구는 나가 있다. 햇볕이 쨍쨍한 오후인데도 물건 하나하나에 음산한 분위기가 서려 있었다.

'사장님은 내가 심약하다고 생각해서 현장에 내보내지 않은 걸까?'

천천히 걸어 방 탈출 카페 문 앞에 도착했다. 폴대에 광고용 플래카드가 붙어 있었다.

~~9월: 은행나무 미스터리 | 플레이 타임 90분, 6인 전용~~

~~10월: 패스트푸드점 도난 사건 | 플레이 타임 55분, 2인 전용~~

11월: 내일이 오지 않아도 | 플레이 타임 70분, 4인 전용(수험생 할인)

12월에는 프로그램이 예정되어 있지 않습니다.

플레이를 원하시면 지금 당장 문을 열고 들어오세요.

후기에서 본 대로 플래카드를 꼼꼼히 읽었다. 마지막에 아주 작은 글씨로 한 줄이 더 붙어 있었다. 괴이 추적자가 쓴 듯했다.

* 플레이 중 규칙을 한 번이라도 어긴 인간은 마지막 탈출구의 위치를 알 수 없으며, 이 공간에서의 모든 기억을 잃게 됩니다.

더 이상 보이는 글자가 없는 걸 확인하고 주머니 속에 넣어 둔 사뫼가 준 만화경을 만지작거렸다. 영안이 있는 녀석들은 이런 곳을 몇 번이나 들락날락했겠지.

샘이 나는 마음을 가라앉히며 내가 할 수 있는 일을 했다. 주사 잉크가 마른 포스트잇을 문고리에 붙였다. 이제 누군가가 문고리에 손을 대면 환영을 보게 되고, 귀신을 보았다 생각하며 도망칠 것이다.

문을 여니 어두컴컴한 통로가 보였다. 푸른색 계열 등이 통로를 밝히고 있었지만 깜부기불처럼 희미했다. 휴대폰을 꺼내 의뢰인이 문자로 넘겨준 혜리의 휴대폰 번호로 전화를 걸자 어딘가에서 단조로운 음계의 벨 소리가 울렸다. 약간, 아주 약간 손바닥에서 땀이 났다.

음계가 갑자기 빨라지더니 또 갑자기 0.2배속으로 틀어 놓은 것처럼 기이하게 늘어졌다.

"시간 왜곡 때문이야."

스스로를 안심시키듯 말하며 내 추론을 확정했다. 여기서 만화경을 쓰는 건 위험할 수도 있다. 세 시간이 일 초가 될 수도 있으니까, 재수 없으면⋯⋯. 머리를 흔들어 생각을 물렀다. 이미 들어왔는걸.

벨 소리가 들려오는 곳으로 천천히 발을 옮기기 시작했다. 소리는 새빨간 색 문 앞에서 거의 정상적인 리듬으로 돌아왔다. 아마 이게 방 탈출 게임을 시작하는 문인 것 같은데.

문 앞에는 괴이가 쓴 것으로 보이는 규칙이 있었다. 심령 스폿에서 괴이가 쓴 것과 추적자가 쓴 것을 구분하는 건 쉽다. 지금 저 반듯한 서체의 글자들이 내 맨눈에도 보이기 때문이다.

인간을 미혹하는 것은 언제나 눈에 잘 들어온다. 영안 따위 없어도.

붉은 혀 패밀리 레스토랑

* 플레이 타임: 15분

* 주의하세요! 레스토랑의 규칙을 어긴 인간은 출구의 문을 열 수 없으며, 그동안 쌓인 레스토랑에서의 모든 기억을 잃게 됩니다.

• 주문 시 정확한 인원수와 메뉴를 알려 주셔야 하며, 인원수와 메뉴가 정확하지 않으면 입장할 수 없습니다.

• 1인당 2 메뉴까지 시키실 수 있으며 접시 위의 음식은 어떤 조각도 남기시면 안 됩니다.

• 1인당 1 음료를 시키셔야 하며 컵 안의 음료는 모두 드셔야 합니다.

"역시 처음부터 대뜸 음식을 먹이는군. 이곳에서는 시간과 기억이 엉망이 될 수밖에 없겠는데."

규칙 엄수는 생명줄이라고 했다. 어쨌든 뭘 주든 다 먹긴 먹어야 할 것 같은데. 탈출한 뒤에도 기억을 잃지 않기 위해 포스트잇 부적을 하나 만들어서 왼쪽 발목에 붙이고, 양말을 끌어 올려 숨겼다.

나름 준비를 끝내고 나머지 규칙을 계속 읽어 나갔다.

- 음식을 씹을 때는 어떤 경우에도 입을 열지 마십시오.
- 구역질이 날 경우에는 조용히 손을 들어 주십시오. 종업원이 적합한 대처를 해 줄 것입니다.
- 화장실에 가고 싶으시다면 포크를 노란색 냅킨 위에 두십시오. 종업원이 화장실로 안내할 것입니다.
- 음식을 시간 내에 모두 드셨다면 종업원이 출구로 안내할 것입니다. 문이 보이면 열고 나가시면 됩니다.
- 종업원도 누군가의 귀한 괴물입니다. 예절을 갖추어 주세요.

규칙을 암기한 뒤 문을 열자 안에서 울리는 것이 분명했던 벨 소리가 뚝 끊어지며 사위가 조용해졌다. 똑같이 빛이 부족한 안쪽으로 발을 옮기니, 낯익은 음료수 광고로 래핑된 냉장고 옆에 사람들이 서 있는 모습이 눈에 들어왔다.

기껏해야 스무 살 남짓 되었을까? 내 또래로 보이는 여자가 셋, 남자가 한 명이었다. 노란 목도리를 한 키가 큰 여자는 날카로운 눈매에 귀가 보이는 커트 머리를 하고 있었다. 그 옆의 남자는 노란 목도리의 여자보다 약간 작은 키에 사각 테 안경을 썼는데도 눈이 쏟아질 듯이 컸다. 뒷모습만 보이는 여자는 탈색한 긴 생머리에 짝다리를 짚고 서 있었다.

그리고…… 탈색 머리 쪽을 보고 있는 중단발이 보였다. 둥근 눈매, 작은 입술과 고집스런 턱은…… 점퍼 안쪽 지퍼 주머니에 넣어 둔, 액자에서 본 그 얼굴이었다.

휴대폰 화면을 끈 다음 주머니에 집어넣고 곧장 그쪽으로 보폭을 늘려 걸었다. 첫 현장, 첫 의뢰인, 첫 대상자. 심장이 다시 설렘으로 콩콩 뛰는 것이 느껴졌다.

음료수 냉장고 쪽으로 거의 다가갔을 때였다.

"야! 여기 문 앞에 적혀 있는 거 하지 말랬잖아!"

둥근 눈매와 고집스런 턱. 분명 소심하고 내성적이어야 하는데.

"이 빡대가리 새끼야! 너 제발 꺼질래? 응? 우리 여기서 좀 나가게? 응? 규칙 외우기 싫음 쓸데없는 짓 좀 그만하라고!!!"

내가 틀렸나? 역시 이론과 실제는 다른 건가?

"저기……, 혜리 씨……?"

"넌 뭐야!"

아주 조심스럽게 불렀다고 생각했지만, 혜리는 부모의 원수에게 시비라도 걸린 듯한 사나운 표정으로 이쪽을 바라보았다. 그 뒤로 세 사람의 시선이 따라붙었다. 혜리의 어머니인 의뢰인의 목소리가 머릿속에서 메아리쳤다.

"학교와 집만 오가던 순하기 짝이 없던 앤데."

나는 혜리의 어딘가에 '순하기 짝이 없는' 구석이 남아 있기를 바라면서 활짝 웃었다. 의뢰인에게도 이 표정을 지은 적이 있는 거 같은데.

"오혜리 씨 맞으십니까? 어머님의 부탁으로 혜리 씨를 찾아왔습니다."

"……우리 엄마가요?"

"네, 따님이 실종되었다고."

그러자 거의 이마 끝을 찌를 듯했던 혜리의 눈꼬리가 착 내려앉았다.

"오, 하느님, 진짜요? 제발 살려 주세요. 119예요? 경찰? 진짜 너무 지겨워요 몇 번째 이 방인지 모르겠어요 진짜 울고 싶었는데 툭 치면 눈물 나올 뻔했거든요 저희 이제 나갈 수 있나요?"

혜리의 입에서 말이 홍수같이 쏟아졌다. 무호흡 랩 라이브를 직관한 기분이었다.

"경찰 아니고 119 아니고, 전 고등학교를 안 다녀서요. 검정고시를 보지 않는 한 공무원이 될 수 없답니다."

"네……."

"대신 이곳에서 탈출시켜 드릴 수는 있습니다. 저희 업체가 이런 거 전문이라."

나는 바지 뒷주머니에 꽂아 둔 지갑에서 명함을 한 장 꺼냈다.

No More Nightmare

귀신 들린 물건, 저주받은 물건 매입·수리·위탁

악이 | 부적 생산 팀 팀장, 필경사

나머지 세 명에게도 명함이 돌려졌다. 혜리가 물었다.

"부적 생산 팀이라고요?"

"넹."

"이름이 악……?"

"그렇게 불리는 거 싫어합니다. 차라리 '필경사'로 부르시거나 '저기요'라고 부르셔도 됩니다."

어리둥절한 혜리의 얼굴에서 생각이 읽어지는 듯했다.

'그럼 명함에 왜 박아 놨어?'

그러게, 사뫼는 무슨 생각이었던 걸까? 불리지도 못할 법명 따위를.

"필경사……라는 건 무슨…… 뜻이에요?"

눈이 왕방울만 한 남자는 말이 느릿느릿했다. 시간이 제멋대로 흐른다더니 사람의 말 속도에도 영향을 주나? 아무튼 말이 빠른 혜리와 좋은 대비가 됐다.

주머니에 들어 있던 만년필과 포스트잇을 꺼내 몇 자를 적어 태웠다. 어두웠던 공간이 순식간에 훅 밝아졌다.

"원래는 글을 베끼는 직업인데, 이런 거 만들고 있슴다."

어디까지나 심령 스폿에서나 통하는 잔재주다. 어둡고 음습하며 보이지 않는 것들을 공간에서 밀어내 원래 있던 빛이 드러나게 했을 뿐이다. 하지만 네 사람의 표정은 활짝 펴졌다.

"하긴, 혜리야, 이런 일에는 이 선생님 같은 분이 나을지도 몰라. 근데 나이가 어려 보이시는데……. 혹시 또래인가요? 저흰 고 3이에요."

노란 목도리를 한 여자의 말에 살짝 시선을 돌렸다. 그보다 더 어린데. 먼저 태어난 것도 아닌데 선생님이라고 불리기엔 양심에 꺼려졌다. 그래도 신뢰를 얻기 위해 입 닫고 있어야지.

탈색모가 귓구멍을 파고 있다가 인상을 찌푸렸다.

"뭐라는 거임? 부적 생산 팀? 야, 우리 방 탈출 하러 온 거 아니냐? 왜 이상한 사람이랑 얘기하고 있어. 얼른 방 탈출이나 하자. 나 배고파."

혜리의 표정이 다시 일그러졌다.

"이 빡대가리야! 너 때문에 여기로 다시 돌아왔잖아! 예주 너 규칙 어긴 거 이번이 몇 번짼 줄 알아?"

"아니, 빡대가리, 빡대가리. 듣는 빡대가리 기분 나쁘게 하네. What the. 야! 오혜리, 너 이런 애 아니었잖아? 왜 갑자기 성질이야?"

탈색모가 받아쳤다. 혼자만 상황 파악을 못 하는 걸 보니 규칙을 어긴 장본인인 듯했다. 혜리의 말을 정리하면, 규칙을 어기면 기억을 잃는 것에 더해서 방 탈출 게임을 계속 되풀이해야 하는 모양이었다.

"도와주러 오셨다고 했죠? 일단 저희가 이 방을 나가야 되거든요? 여기 방이 총 네 개 있는데, 다 탈출하지 않으면 계속 갇혀 있어야 해요."

혜리가 다시 내 쪽으로 고개를 돌려 상냥하게 말했다.

"규칙을 어기지 않으면 기억이 온전하게 유지됩니까?"

"네."

혜리 옆의 노란 목도리가 내 말에 대답했다.

"슬슬 게임을 해야 하니 따라오세요."

나는 네 사람을 따라(정확히는 세 사람이었다. 탈색모 예주는 여전히 이곳저곳을 두리번거리고 있었기 때문이다) 더 안쪽으로 들어갔다. 서커스장을 연상케 하는 다홍색과 보라색 벽지가 번갈아 붙어 있고, 바닥은 반들반들한 갈색이었다. 붉은 계열 색이라면 모조리 넣으려고 작정한 것 같은 공간이었다. 아무도 없는 것처럼 보이는 오픈 키친 중앙에는 밖이 보이지 않는 내창이 하나 뚫려 있었는데, 그게 그곳의 유일한 흰색이었다.

우리는 레스토랑 카운터 앞에 섰다. 카운터는 비어 있었다. 안경 남자가 두리번거리던 예주를 끌고 왔다.

"여기서 기다려야 해요."

혜리가 말했다. 우등생이라더니, 이 친구는 좀 똑똑한 거 같다. 가끔 스폿에서 탈출하는 일반인 같은 부류인지도 모른다. 나는 궁금한 것을 물었다.

"혜리 씨는 기억을 잃은 적이 없으십니까?"

"네, 한 번도요. 이 빡대……, 아니지……, 답답한 친구들 때문에 정말 미치는 줄 알았어요. 내가 이것들이랑 만나려고 육 년을 기다렸나……."

예주가 혜리의 서글픈 목소리를 자르며 툴툴거렸다.

"아, 말 넘 험하게 하는 거 아니냐?"

"닥치고 있어, 이 원흉아."

"진짜 기분 나쁘게. 너 성격 왜 이렇게 된 거야? 원래 이런 애 아니었잖아. Adolescence? 혜리가 이렇게 되다니……. 너네는 친구가 휴머니즘을 잃고 있는데 한국에서 여태 뭐 했어."

예주가 노란 목도리와 안경 왕눈이를 향해 비난조로 말했다. 하지만 목소리를 높인 것은 다시 혜리였다.

"예주 너 때문이라고! 다 너 때문에! 인간아! 방금 네가 두 번째 방에서 책을 떨어트려서 소리만 안 냈어도 다시 첫 번째 방으로 돌아오지 않았을 거라고!"

"뭔 소리 해. 수험 스트레스야? 책을 내가 언제 떨어트려. 한국 들어와서 내가 책을 가지고 다닌 적이 없는데. 너 좀 이상하다……?"

예주가 어리둥절한 표정으로 고개를 갸웃했다. 혜리가 답답한 듯이 가슴을 쳤다.

“저거랑 대화하느니 말을 말지.”

그때 안경이 두 사람의 어깨를 가볍게 두드렸다. 카운터 뒤에서 무언가가 스멀스멀 올라오고 있었다.

손님은 총 몇 분이실까요?

목소리가 사방에서 울리는 것 같았다. 뭐, 입 크기를 보면 납득이 가긴 했다. 적색 셔츠와 검은 조끼 위 얼굴 전체가 입과 이빨만 존재했기 때문이다. 흡사 파리지옥 포충 잎처럼 생긴 괴이의 머리통이 쩌억쩌억 입을 벌려 다시 말을 뱉어 냈다. 목소리만큼은 사근사근했다.

몇 분이실까요?

처음 보는 괴이라 그런가. 엄청 충격적이군. 옆에 있던 혜리가 침착하게 대답했다.

“다섯 명이요.”

종업원 제복 상의만 입은 검은 파리지옥 괴물은 검고 찐득찐득한 점액질의 다리인지 뿌리인지를 질척이며 반질반질한 갈색 바닥을 걸어갔다. 그리고 우리를 5인석 자리로 안내했는데, 테이블과 의자도 바닥 색을 스포이트로 찍어 뿌린 듯 똑같은 갈색이어서 거의 매직 아이 수준이었다.

손으로 더듬어 의자와 바닥의 경계를 찾던 예주는 배짱 좋게 파리지옥 괴물에게 뭐라고 구시렁거리려다가 혜리의 표정에 입을 다물었다. 물론 여전히 이죽거리는 얼굴이기는 했다.

주문은 바로 하시겠습니까?

"아……, 예……."

안경 남자가 모기가 앵앵거리는 정도의 작은 목소리로 대답했다. 툭 불거진 왕방울만 한 눈만 봐도 심약해 보이는 관상이었다. 여기서 몇 번 기억을 잃었는지는 몰라도, 남아 있는 기억이 유쾌한 종류는 절대 아닐 테니 저런 목소리인 것도 이해는 간다.

그럼 메뉴판을 드리겠습니다.

적색 셔츠 소매 속에서 끈적한 점액질 손이 나왔다. 그 손과 닿지 않으려고 무진 애를 쓰면서 메뉴판을 받아 들었다. 평범한 패밀리 레스토랑 메뉴들이었다.

"치킨필레로 주세요."

"저는…… 파니니요……."

"나도 애랑 똑같은 거."

예주의 주문이 끝나자마자 파리지옥의 입이 쩍 벌어졌다. 헉, 하고 숨이 막혔다. 입안, 그 시커먼 곳에서 정말 끔찍한 냄새가 올라오고 있었다.

혜리가 예주를 노려보았다. 그러고는 입 모양으로 뭔가를 뻐끔거렸고, 어리둥절해져 눈치를 보던 예주가 그걸 따라 했다.

"……주세요?"

파리지옥 괴물은 짭 소리를 내며 다시 입을 닫았다.

이제 내 차례. 여기서 꼭 뭘 먹어야 하나 싶었지만, 규칙이니까 대충 첫 번째 메뉴를 찍었다. 라구스파게티.

혜리가 주문할 차례였다.

"저는 파네스파게티로 부탁드립니다."

혜리가 말했다. 그 순간, 목도리와 안경이 시선을 교환했다.

종업원은 메뉴판을 다시 받아 들고는 상냥한 목소리(그래 봤자 시각적으로는 끔찍한 광경이었다)를 냈다.

음료는 무엇으로 주문하시겠습니까? 지금은 '오늘의 스페셜 셰이크'만 준비되어 있습니다.

그럴 거면 왜 물어봐? 규칙상 무조건 음료를 시켜야 했기 때문에 우리는 다섯 잔의 셰이크를 시켰다.

종업원 괴물이 사라지자 안경 남자가 내 쪽을 바라보았다.

"저기……, 잠깐 화장실 같이…… 안 가실래요? 제가 좀…… 무서워서요."

"그럽시다, 뭐."

외워 둔 규칙대로 포크를 테이블에 올려져 있는 노란 냅킨 위에 두었다. 안경도 그렇게 했다. 얼마 지나지 않아 파리지옥 괴물 종업원이 질척거리는 점액질 다리를 움직여 이쪽으로 왔다. 안경 남자의 어깨가 살짝 떨렸다.

"조심해."

노란 목도리가 그에게 주의를 주었다. 나에게 한 말일지도 모르지.

화장실, 두 분이시군요?

"예……."

부적을 준비하던 손이 무색하게, 파리지옥이 우리를 화장실로 데려가 도시락 까먹듯이 입속에 넣는 일은 일어나지 않았다. 그래, 별 두 개짜리 스폿이니 숨은 규칙이나 어려운 상충 규칙이 있을 리 없다. 그래도 대비는 중요하니까.

우리를 화장실 앞까지 안내한 종업원 괴물은 화장실 문을 열어 주고 닫아 주기까지 했다. 그도 그럴 것이, 화장실에 문고리가 없어서 괴물의 끈적끈적한 손이 아니면 여닫는 것 자체가 불가능한 구조였다.

다 사용하시면 노크를 해 주십시오.

상냥한 목소리가 화장실에 음산하게 울려 퍼졌다. 솔직히 설사가 아니면 이용하고 싶지 않을 수준의 화장실이었다. 겁 많은 사람은 백 퍼센트 소변도 못 눈다. 아마 안경 남자도 그런 듯했다.

"안 쓰세요?"

"아니요……, 저기……."

용변 볼 게 아니면 날 왜 데려왔지?

"혜리가…… 한 번도 기억을 잃지 않았다는 건…… 사실이 아니에요."

"예?"

"본인이 이 레스토랑에서…… 규칙을 어겼다는 걸…… 기억을 못 해서 그래요……. 인하랑 교차 검증했어요……. 이 레스토랑에서 혜리는 두 번…… 규칙을 어겼어요…….”

“인하가 누구죠?”

“키 큰…… 노란색 목도리 한 여자애요. 아……, 제 이름은 양석희입니다…….”

화장실까지 와서야 이름을 알게 되었다.

“저랑 인하는…… 한 번도 이 레스토랑 규칙을…… 어긴 적이 없거든요……. 예주는…… 뭐, 전번에도 전전번에도 어기긴 했는데……. 걔는 진짜. 아무튼 필경사님……이라고 불러야 되나요?”

이 친구도 기억력이 좋은 편이다. 보통은 직업을 말해 줘도 바로 까먹는데.

“예, 그렇게 하십쇼.”

“필경사님, 혜리의 파네스파게티를…… 먹어 주실래요? 우리끼리는 메뉴를 교환할 수 있거든요……. 아마도…… 같은 스파게티니까 바꿔 줄 거예요. 저희는 스파게티를 안 시켜서……. 보통 혜리도 저희가 스파게티 안 시키면 그거 안 시키던데…….”

석희의 말투에서 묘한 원망이 느껴졌다. 즉, 내가 스파게티를 시켜서 혜리가 파네를 시켰다는 얘기다. 뭐, 내가 알았나.

“혜리 씨가 파네스파게티를 먹으면 안 되는 이유가 있습니까?”

혹시 숨은 규칙인가? 파네스파게티를 먹으면 안 되는? 별 두 개짜리 스폿 첫 구역에 숨은 규칙 따위 있을 리가 없는데도, 혹

시나 해서 석희를 경계했다. 파네스파게티를 먹은 사람이 죽게
될…… 일은 없겠지?

"네……, 지금 여기서 말씀드리기는 힘들지만요. 저도 그 메뉴
를…… 혜리 대신 먹어 본 적이 있고요. 눈치채셨겠지만…… 여
기선 한 명만 규칙을 어겨도…… 모두 처음으로 되돌아가게 돼
요. 그래서 부탁드리는 거예요……. 혜리는 파네스파게티를 먹으
면…… 규칙을 어길 거예요."

의심스러웠지만, 거짓말을 하는 것처럼 보이지는 않았다. 내가
고개를 끄덕이자 석희가 화장실 문을 노크했다. 나는 그 자리에
선 채 석희에게 미소를 지어 보였다.

"먼저 가십쇼. 저는 볼일 좀 보겠슴다."

그러고는 만일의 사태에 대비해 포스트잇 부적을 몇 개 만들어
바지 주머니에 넣었다.

너는 사람 얼굴로 차별하냐?

자리에 돌아오니 음식은 이미 모두 준비되어 있었다. 나를 데려다준 점액질 괴물 종업원은 이제 우리 테이블 바로 옆에 한 그루의 식충 식물처럼 버티고 섰다. 본격적인 테이블 매너 감시 모드였다.

먹을 땐 입을 열지 말 것. 시간 내에 음식을 모두 섭취할 것. 또 뭐가 있었더라.

나머지 규칙을 떠올리고 있는데 인하가 옆에 앉은 혜리의 접시를 들며 말했다.

"너 또 빵까지 먹을 거지? 안 돼. 다이어트하기로 했다며."

"치, 그치만 나 스파게티 먹고 싶었는데."

"그러면 혹시……."

인하가 짠 것처럼 내 쪽을 바라보았다. 나 역시 짠 듯이 고개를 끄덕였다.

"제 거랑 바꾸셔도 됩니다."

혜리는 고민하다가 그러지, 뭐, 하고는 내 접시를 받아 갔다.

내 앞에 놓인 파네스파게티는 별 이상이 없어 보였다. 조심스럽게 부적을 붙인 손으로 포크를 쥐고 안쪽을 찔러 보았다.

아무 반응도 없는데?

먹을 수 있는 것만 들어 있는 게 틀림없다.

혜리와 인하 쪽을 바라보았으나 둘은 이미 먹기 시작해서 입을 열 수 있는 상태가 아니었다. 면을 말아 입에 넣었다.

그때 기억나지 않던 마지막 규칙이 생각났다. 동시에 입안에서 뭔가가 꿈틀거리는 것이 느껴졌다.

시발, 살아 있다.

다다—.

입천장에서 바둥거리고 있는 것은 무언가의…… 다리다.

구역질이 날 경우에는 손을 들 것. 석희와 인하가 내 쪽을 보고 있었다. 나는 손을 들었다.

손님, 불편하십니까?

필사적으로 입을 다문 채 고개를 끄덕였다. 점액질 종업원, 파리지옥, 아무튼 그놈이 나를 다시 화장실로 데려갔다. 소매에서 끈적끈적한 팔이 나와 내 고개를 개수대로 향하게 하더니 내 등을 두들겼다.

토하셔도 됩니다.

나는 바로 입을 열었다. 하얀색 애벌레처럼 보이는 것이 투툭하고 튀어나와 기괴하게 꿈틀거렸다. 욕지거리가 나오려는 것을 이 악물고 참았다. 누군가의 소중한 괴물 앞에선 예의를 지켜야 하니까.

씨발!!!!

속으로만 욕했다.

괴물이 입을 쩍 벌렸다. 혹시 소리 냈나 싶어 식겁했는데, 다시 상냥한 목소리가 들려왔다.

손님, 죄송합니다. 보상해 드릴까요? 시키신 메뉴를 새로 가져다드릴 수 있습니다.

진짜 이번 연도에 들은 얘기 중에 제일 소름 끼치는 말이다. 나는 내가 할 수 있는 한 최대한 정중한 목소리를 내려 노력했다.

"아닙니다, 충분히 맛있게…… 먹었습니다."

예, 감사합니다.

다시 점액질 괴물 종업원을 따라 홀로 나갔다. 끈적이는 녀석과 몇 번을 동행하고 나니 정이 들 것 같았지만, 무심코 주방 창문을 쳐다본 후로는 정이고 자시고 여기에서 빨리 나가고 싶은 마음만 앞섰다.

흰 창문이라고 생각한 건 창문이 아니라 애벌레 둥지였다. 젠장, 위생 상태 뭐냐고.

아니, 음식점으로 신고하고 장사하는 것도 아니면서 음식을 제공하는 것부터가 잘못이다. 인간들에겐 빡센 규칙 엄수를 강제해 놓은 주제에 정작 괴이 놈들이 기본 중의 기본인 식품 위생법은 지키지도 않잖아.

테이블로 돌아오자 나도 모르게 석희와 인하를 째려보게 됐다. 석희와 인하는 접시에 고개를 박고는 내 시선을 피했다. 내가 앉자 종업원은 재빠르게 입을 쩍 벌려 내가 먹던 스파게티를 빵까지 한입에 삼켰다. 참……, 친절하고 보기 드문 서비스야.

그러더니 몸통에 숨겨 놓은 유리잔 다섯 개를 꺼내 서빙했다. 오늘의 스페셜 셰이큰가 뭔가 하는 것 같았다. 이것도 다 마셔야 나갈 수 있다.

창문 쪽을 보지 않으려 노력하면서 잔에 든 붉은 음료를 원샷했다. 아까 그 애벌레 스파게티에 비하면 못 먹을 정도는 아니었다. 최소한 입속에 들어간 건 다 죽은 게 틀림없었다. 비린내가 약간 나고 목구멍을 넘기는 느낌이 걸쭉하긴 했는데.

하지만 이곳의 이름 '붉은 혀 패밀리 레스토랑'을 떠올리고 다시 게울 뻔했다. 우리를 감시하는 저 점액질 녀석, 왜인지 입안에 혀가 없더니, 혹시 자기 혀를 갈……, 아니, 됐다.

더 이상 생각하기를 그만둔 나는 잔을 무사히 갈색 테이블에 내려놓고는 입에서 터져 나오려는 한숨을 무사히 코로 내보냈다. 예의를 차려야지, 예의를. 덕분에 역겨운 비린내가 인중을 휩쓸었다. 지금 내 표정도 다른 네 명의 표정과 똑같을 것이다.

마지막으로 음료를 모두 마신 예주가 눈썹을 찌푸리더니 왼손을 들려고 했지만, 예주 왼쪽에 앉아 있던 혜리가 잽싸게 그 손을 낚아챘다.

"아, 왜!"

"너는 저 얼굴이 안 보이니?"

혜리가 소곤거리며 예주를 힐난했다.

"혜리 너는 사람 얼굴로 차별하냐? 입이 좀 크게 태어났나 부지."

"좀 닥치고 있어. 빨리 나가야 되니까."

그건 나도 동감이었다. 석희가 혜리를 보며 황급히 검지를 입가로 치켜올렸다. 혜리와 예주가 입을 다물자, 종업원 괴물이 미소(파리지옥 포충 잎 같은 양 끝부분이 살짝 올라간 것으로 보아 미소가 맞다)를 띄우며 우리를 바라보았다.

맛있게 드셨습니까?

우리 얼굴에서 파도처럼 어떤 표정이 스쳐 지나갔다. 아마 각자가 생각해 낼 수 있는 가장 심한 욕을 입안으로 되새기고 있을 것이다.

"네, 정말 잘 먹었습니다."

겨우 대답한 인하는 목이 조금 메어 있었다.

그럼 나가실 문으로 안내하겠습니다.

점액 파리지옥 괴물이 한 말 중에 가장 반가운 말이었다.

*

"아니, 아무리 방 탈출 카페라고 해도 마지막 음료는 너무 한 거 아니야? 자신이 없으면 내질 말든가."

붉은 혀 레스토랑을 탈출하고 탈색모, 예주는 본격적으로 인상을 찌푸렸다. 맞는 말이다. 그딴 걸 무슨 스페셜 셰이크라고.

그러고 보니 예주만 모든 방의 기억이 없다는 건, 처음 방을 시작으로 다른 방들에서도 연속으로 규칙을 어겨서일 것이다. 아마 예주가 아니었다면 나 없이도 이 애들은 진작에 이곳을 탈출했을지도 모른다. 그럼 예주만 주의시키면 되는 건가? 그래서 혜리가 전담 마크를 하고 있는지도.

"역겨워 뒈지는 줄. 내가 한국에 있을 날도 며칠 안 되는데 이런 걸로 배를 채워야겠어? 난 고구마크러스트피자 먹고 싶었는데. 코리안 오리지널⋯⋯."

"시끄러워."

혜리와 예주가 티격태격하면서 걸어가고, 그 뒤를 석희와 인하가 말없이 따랐다. 나는 그 옆에서 걸었다. 석희랑 인하는 적극적인 협력 관계 같으면서도 별로 대화가 없는 게, 그리 가깝지는 않아 보인다. 되레 유학을 갔다 온 걸로 추정되는 예주가 혜리나 다른 애들과 격의 없이 말하는 것 같다. 넷 다 초등학교 동창생이라고 했지. 의외로 서로 잘 아는 사이가 아닐 수도 있겠는데?

아까와 같이 파랗고 희미한 조명이 비추는 어두컴컴한 통로를 따라가니 또다른 문이 나왔다. 이번 문은 검정에 가까운 회색으로, 그 전 방과 똑같이 누구나 읽을 수 있는 규칙이 적혀 있었다.

"너 이거 읽어 줄 테니까 외워. 제대로. 규칙 또 어겨서 방. 탈. 출. 방해하면 절교할 줄 알아."

혜리가 예주에게 으름장을 놓았다.

"아니, 내가 규칙을 언제 어겼는데?"

"아까 셰이크 맛 항의하려고 했지! 내가 모를 줄 알아? 예전에도 너 거기서 몇 번이나……."

"내가 언제! 네가 내 마음을 어떻게 알아? 나 그냥 화장실 가고 싶어서 손든 건데?"

그냥 조용히 읽으라고 두면 안 될까 싶었지만, 끼어들기 뭐해 차례를 기다렸다. 두 사람은 여전히 회색 문 앞에서 왁왁거렸다.

"너! 아까도 그래! 화장실 가고 싶으면 노란색 냅킨에 포크를 내려놓으라고 했잖아! 너 왼손 들려고 한 거 내가 막지 않았으면……."

"내가 뭘! 그깟 사소한 룰 하나 기억 못 할 수도 있지! 뭐 그것

가지고 그러냐?"

두 사람의 등 뒤에 서 있던 석희가 나지막하게 한숨을 내쉬었다. 아직 내게 애벌레를 먹인 석희를 용서하지 않았지만 조금 걱정이 되어 일단 말을 걸어 보기로 했다. 분위기 환기 차.

"두 사람이 약간 결이 비슷하네요."

"두 사람? 아, 혜리……랑 예주요? 음……, 혜리는 원래 저런 성격 아니에요. ……여기서 나가지도 못하고…… 자꾸 시공간이 되풀이되다 보니까…… 약간 좀, 혜리 상태가…… 좀."

인하가 혜리와 예주를 말리려고 움직이는 틈을 타서 석희가 자기 머리통 옆에 손가락을 가져가 아주 살짝, 조그맣게 동글동글 움직였다.

아……, 지쳐서 본성이 나온, 뭐 그런 거려나. 이해는 된다. 밥을 줘서 갇힌 인간들을 굶기지 않고 살려 두겠다는 괴물들의 설계는 과연 별 두 개짜리 심령 스폿답게 자애로운 일면이 있었지만, 저런 음식을 몇 번이나 먹었고 또 먹을 생각을 해야 한다면 리더로서 내성적이고 소심한 성격을 유지하는 건 좀 비효율적일지도 모르지.

"오혜리, 성예주, 둘 다 그만해. 다음 방 들어가야지. 성예주, 다 읽었어?"

인하가 말하자 예주가 아주 작게 고개를 끄덕이며 구시렁댔다.

"보통 방 탈출 게임은 문제 해결하고 그런 거 아니야? 비위 상

하는 음식이나 먹게 하고, 문제 푸는 건 하지도 않고…… 뭔 놈의
규칙 암기만 줄줄 시키는 게 무슨 방 탈출…….”

“어휴, 말을 말자. 넌 내가 하란 대로나 해.”

문을 연 혜리가 예주를 질질 끌고 들어갔다. 그 뒤로 석희가 들
어가고, 따라 들어가던 인하가 내게 말했다.

“이 방 규칙 모르시죠? 저희는 많이 봐서 외웠는데. 일단 보시
고 천천히 들어오세요.”

잿빛 눈동자 도서관

* 플레이 타임: 20분

* 주의하세요! 도서관의 규칙을 어긴 인간은 출구의 문을 열 수 없으
며, 그동안 쌓인 도서관에서의 모든 기억을 잃게 됩니다.

• 도서관에서는 무조건 정숙입니다. 작은 소리도 다른 이용자들에게
불편함을 줄 수 있으니 주의해 주십시오. 소리가 너무 큰 경우에는
사서가 이용자를 불시에 퇴장시킬 수 있습니다.

• 책은 한 번에 세 권까지 옮길 수 있습니다.

• 책은 한 번에 다섯 권까지 옮길 수 있습니다.

• 책은 한 번에 일곱 권까지 옮길 수 있습니다.

• 책은 한 번에 아홉 권까지 옮길 수 있습니다.

$\vdots$

- 다른 이용자들이 없는 것처럼 보여도, 분명히 그들은 책을 읽고 있습니다. 이용 중일 수 있으니 빈 의자를 책상 아래에 수납하지 마십시오.
- 한 장난꾸러기 이용객으로 인해 서가가 엉망이 되었습니다. 19-6번 서가 세 번째 줄에 놓인 책들을 정리하는 것을 도와주면, 사서가 탈출구로 안내할 것입니다.
- 서가 정리 중 장난꾸러기 이용객이 온다면 점자책 코너로 안내하세요. 이용객이 다시는 도서관에서 장난치지 않을 것입니다.
- 사서도 누군가의 귀한 괴물입니다. 예절을 갖추어 주세요.

아까는 종업원, 이곳은 사서. 방이 네 개랬으니까 괴물도 총 넷일까?

질척질척한 종업원 괴물을 떠올렸다. 그놈은 무서운 모습을 하고 있지만 영안이 없어도 눈에 보인다. 일반인 눈에도 보이는 괴물들은 물리적으로 드러나 있기 때문에 물리적으로 퇴마할 수 있다는 특징을 가진다. 규칙을 지키지 않아도 처음 방으로 돌아가 맛없는, 또는 구역질 나는 음식을 먹어야 하는 게 전부라면, 그냥 부적 써서 그놈들 다 때려 부수고 다음 회차에 편안하게 나가는 건 안 되나? 마지막에 적힌 괴물들에게 예절을 갖추라는 말이 가짜 규칙일지도 모른다.

그럼 대박인데.

아니, 그 전에 규칙을 잘 지켜서 무탈하게 나가는 게 베스트이긴 하지.

생각을 그만두고 회색 문을 열었다. 곧 노란 불빛이 켜진 작은 열람실이 나타났다. 주변을 둘러보았지만 사서로 보이는 괴물은 아직 보이지 않았다.

혜리 일행이 19-6번 서가에서 책을 나르는 게 보였다. 19번 서가 앞 탁자에 또 다른 규칙이 붙어 있었다.

- 하늘색 표지의 책은 바로 오른쪽에 빨간색 표지를 두고, 바로 왼쪽에 파란색 표지를 둔다.
- 노란색 표지의 책은 맨 왼쪽에 온다.
- 회색 표지의 책은 맨 오른쪽에 온다.
- 파란색 표지의 책은 노란색 표지의 바로 오른쪽에 올 수 없다.
- 보라색 표지의 책은 연두색 표지의 책 바로 오른쪽에 온다.

그러면 노랑→연두→보라→파랑→하늘→빨강→회색 표지순인가?

혜리 일행을 돕기 위해 다가갔지만, 벌써 혜리·석희·인하 트리오는 일사불란하게 손이 맞아 있었다. 난 할 일이 없겠다 싶어 뒤로 물러났다. 안전하게 세 권씩만 옮기며 정리하는 것만 봐도 이 애들은 이미 규칙을 숙지하고 있는 듯했다. 마지막 방에서만 실수하지 않으면 되는 것 같은데, 이렇게 똑똑한 애들이 왜 계속 이 공간에서 똑같은 하루를 되풀이했던 걸까…….

생각에 잠겨 있는데 옆에 선 예주의 심통 난 얼굴이 시야에 들어왔다. 아무것도 하고 있지 않던 예주는 막 테이블 앞 의자에 앉으려고 했다. 나는 예주의 운동화 앞코를 툭 건드렸다.

아, 맞다, 애들이 아직 탈출하지 못한 건 계속 규칙을 어기는 예주 때문이랬지.

의자에 앉으려다가 머쓱하게 엉거주춤 일어난 예주가 나를 보더니 갑자기 입 모양으로 말했다.

"미친."

나보고 말한 거야?

"뒤에."

"뭐라고 했습니까?"

"네 뒤에."

무심코 등 뒤로 고개를 돌렸다. 아마도 대여섯 살쯤 된 아이의 두 손이 허공에서 버둥거리고 있었는데, 목부터 점점 희미해져 목 위는 아예 없었다. 나는 호흡을 깊게 내쉬었다가 다시 들이마셨다. 비명을 질러 사서를 부를 뻔했다. 혜리가 다급하게 이쪽을 바라보더니 입 모양으로만 말했다.

“장난꾸러기 이용객.”

예주가 가슴을 쓸어내리는 것을 보았다. 소리 없이 뭐라고 중얼거리는 것 같기도 했다.

오른손으로는 주머니 속 부적을 움켜쥐고, 부적을 쥐지 않은 왼손으로 내 앞에서 허우적대는 아이의 한쪽 손을 잡아 주었다. 아이에게 손이 닿은 순간 차가운 아이스 팩에 손이 찰싹 붙은 느낌이 났다. 안 떨어지면 부적을 붙여서 퇴치해야 하나?

조용히 아이를 이끌었다. 가만히 따라오는 아이를 들어오면서 봐 둔 점자책 코너로 안내했다. 그러고 보니 점자책을 시각 장애인만 읽을 수 있다는 것도 편견이군. 머리통이 없는 괴이에게까지도 읽을 기회를 제공하는 공평한 문자가 점자다.

아이에게 어울리는 책이 무얼까 하고 서지 정보가 붙어 있는 스티커를 살폈다. 어느새 혜리가 곁으로 다가와 있었다.

“괜찮습니다. 저 혼자서도 찾아 줄 수 있는데.”

“인하가 석희를 좋아하거든요.”

“예?”

“둘만 있는 시간을 주려고요.”

뭔 소리야? 어리둥절해진 나는 혜리의 얼굴 너머에서 책을 옮기고 있는 석희와 인하를 살폈다. 입 꾹 다물고 책만 나르는 게 처음 만난 도서관 일일 알바들 같기만 한데.

뭐야, 연애까지 한다고? 여기서? 아무리 난도 별 두 개짜리라지만, 연애를 해? 너무한 거 아니야? 허탈해서 웃음이 나려는 걸 간신히 참았다. 사뙤의 귀물인 만화경이며 손안에 쥔 부적이며 다 허무해졌다.

자칫하면 드라이아이스 포장재처럼 차가운 손을 맞잡고 서 있던 아이의 존재도 잊을 뻔했다. 혜리가 서가에서 책을 찾아 주자, 그 애는 희미한 목으로 꾸벅 절을 하더니 곧 몸통까지 희미하게 되어 사라졌다.

뭐, 잘됐지. 꿀 빨다가 귀환시키면 나도 좋고 의뢰인도 좋고 사뙤도 좋고. 하지만 맥이 풀린 것까지 어떻게 할 수는 없었다. 이게 내 첫 현장이라니…….

19-6번 서가는 거의 정리되었고, 인하와 석희가 몇 권 남지 않은 책을 옮기고 있는데 갑자기 일이 터졌다.

석희와 마주 보고 있던 예주가 인상을 찌푸리더니 석희의 뒤통수를 퍽, 가격했다.

정말 퍽 소리가 나게.

사뙤, 저 기절합니다. 산재 처리 해 주세요.

나는 이쪽으로 달려오는 사서 괴물의 거대한 몸을 보고 가빠진 숨을 정상으로 되돌리려고 무진장 노력해야 했다. 헐떡이면 큰 소리가 나니까. 사서는 5미터는 족히 넘어 보였고, 따라서 열람실 기둥보다 컸다. 저걸 물리적으로 퇴마하는 건 포기하는 게 낫다. 확실하다.

사서 괴물은 열람실 천장에 가슴을 붙인 채, 목과 머리를 기괴하게 꺾어 우리를 바라보며 뒷걸음질로 그리고 엄청난 속도로 달려왔다. 순식간에 우리 코앞에 멈춰선 괴물이 안광을 번뜩이며 잿빛 홍채의 초점을 서서히 맞췄다. 거대한 머리통에 붙은 눈알은 내 주먹보다 컸으며, 기괴한 악취를 풍기는 머리카락이 이마와 정수리로부터 거꾸로 내려와 커튼처럼 매달려 있었다.

예주의 입이 천천히 벌어지는 것을 혜리가 틀어막았다. 예주의 턱이 다시 천천히 닫혔다. 질식할 것 같은 공기 속에서 나는 고개를 돌려 재빨리 손가락으로 19-6번 서가 세 번째 줄을 가리켰다.

8척 귀신은 뼈도 못 추릴, 15척은 족히 되어 보이는 사서 괴물의 눈동자가 느리게 내 손가락이 가리킨 방향으로 이동했다. 곧 눈꺼풀이 회색 눈동자를 덮더니 자글자글한 주름이 졌다. 웃는 거겠지. 눈에 비해 너무 작아서 잘 보이지도 않는 작은 입술과 턱의 각도를 봐도, 저건 웃는 거다.

잘못하면 심장 마비 올 것 같은 미소를 짓던 눈이 다시 넓게 벌어졌다. 코앞에 보이는 잿빛 홍채에 무언가가 반사되어 나타났다. 출구였다. 저기로 나가라는 거구나.

만일의 상황에 대비해 괴물을 죽일 준비를 하고 있는데, 뒤에서 인하가 내 옷깃을 잡아당겼다. 우리는 사서의 거대한 얼굴과 정수리 가마에서 떨어지는 끔찍한 머리카락 폭포에 대고 정중히 고개를 숙였다. 사서가 다시 눈을 감으며 빙그레 미소를…….

너무 무섭다. 바깥에 이런 도서관이 있으면 진상 이용자는 절대 없을 거다.

예주의 입을 막고 있는 혜리를 비롯해 우리는 서둘러 잿빛 눈동자 도서관의 출구로 나갔다.

어디 숨었어

"Holy, 저거 특수 분장이냐? 리얼해서 심장 멎는 줄."

"예주 넌 아직도 현실 인식이 안 돼? 저게 특수 분장이겠냐? '누군가의 소중한 괴물'이란 말 못 봤어? 괴물이라고, 괴물."

"That's right! 괴물 분장이겠지."

"어휴, 답답해."

혜리가 가슴을 콩콩 쳤다. 우리는 방과 방 사이를 잇는 통로를 걸어가며 혜리와 예주가 아웅다웅하는 소리를 또 들어야 했다.

"그리고 가만히 있는 석희는 왜 때렸는데?"

"아니, 나더러 할 거 없다고 그냥 서 있으라잖아."

"그럼 서 있었어야지!"

"너도 나 무시하냐? 나도 책 옮길 수 있어! 컬러별로 꽂아 놓으면 되는 거잖아. 기껏 사람이 도와주려고 했더니 말을 싸가지없

게……."

석희가 급하게 둘 사이에 끼어들었다.

"이미 다 해 놔서 그랬어……. 무시한 거 아닌데……. 그렇게 생각했다면 미안……."

석희가 맞은 뒤통수를 쓰다듬으면서 그렇게 말하니 예주도 혜리도 조용해졌다. 심지어 예주는 석희의 말을 듣자마자 약간 울 듯한 표정이 되었다. 나는 내게 애벌레 스파게티를 권유한 석희를 용서하기로 했다. 진짜 착하네. 뒤통수를 그렇게 맞고도 미안하다니.

"이제 세 번째 방으로 가자. 이번에는 진짜 탈출할 수 있을 거야. 우리를 구하러 선생님도 와 주셨으니까."

인하가 나를 보고 말했다. 그놈의 선생님 소리를 듣기가 좀 불편해진 나는 괜히 너스레를 떨었다.

"뭐, 저 없이도 이번에 나오시지 않았겠습니까? 제가 할 일이 별로 없는 거 같습니다."

"다음 방에서 많이 생길 거예요. 거기는 우리 셋 다 기억이 거의 없거든요."

인하의 입꼬리가 희미하게 뒤틀렸다.

"예?"

"그 방에서 규칙을 한 번도 어기지 않은 건 혜리뿐이라서요."

＊

하얀 손 호텔

＊ 플레이 타임: 15분

＊ 주의하세요! 호텔의 규칙을 어긴 인간은 출구의 문을 열 수 없으며, 그동안 쌓인 호텔에서의 모든 기억을 잃게 됩니다.

- 바닥에 붙어 있는 별 모양 야광 스티커를 따라 걸어가십시오.
- 이곳의 투숙객들은 빛에 모여듭니다. 빛이 나는 기계가 있다면 절대 켜지 마십시오.
- 바닥에 어떤 액체도 떨어트리지 마십시오. 다른 투숙객이 미끄러질 우려가 있습니다. 어떤 투숙객은 항의할 수도 있습니다.
- 몸에 어떤 감촉이 느껴지든 무시하십시오.
- 단, 몸에 손가락 다섯 개가 닿아 있다는 게 느껴질 경우에는 몹시 위험하므로 어떤 소리도 내어서는 안 됩니다.
- 손가락 다섯 개가 몸에 닿았을 경우, 즉시 그 손가락들을 떼어 내셔야 합니다. 본인의 힘만으로 안 된다면 주변의 모든 것을 이용하십시오.
- 어떤 소리가 나도 절대로 뒤돌아보지 마십시오.
- 투숙객들은 주로 모서리에 앉아 있습니다. 그들의 프라이버시를 위

해 모서리 쪽은 절대 쳐다보지 않을 것을 권합니다. 투숙객을 화나게 했을 경우, 호텔에서는 책임지지 않습니다.

태우는 부적은 쓸 수 없다는 소리였다. 주머니 속 만화경의 동그란 렌즈를 한 번 쓰다듬었다. 테마가 테마인 만큼 이걸 쓰면 도움이 될지도 모르는데.

쩝 소리를 내며 흰색 문을 열었다. 혜리 일행은 이미 들어간 상태였는데, 들어가자마자 눈을 찌르는 칠흑 같은 어둠에 바로 5센티미터 앞도 구분할 수 없는 지경이었다.

"━━ ━━━━ ━━━."

앞쪽 어딘가에서 인하의 목소리가 작게 들렸다. 그쪽이 맞길 바라면서 걸음을 옮겼다. 그 순간, 누군가가 내 어깨를 꾹 눌렀다.

"애들 앞에 있어."

내 기억이 맞다면 예주의 목소리다. 나는 더듬거려 예주가 누른 내 왼쪽 어깨를 잡아 보려 했다.

"다섯 손가락 다 쓰면 안 돼. 그것들이랑 헷갈리니까. 지금 나도 검지로만 누르고 있어."

예주의 말에 살짝 놀라 손을 다시 거둬들였다. 예주도 규칙을 아예 무시하는 편은 아닌 거 같은데.

"예주 씨 맞죠?"

"응, 애들이 나더러 너 기다려서 같이 오라 그러더라."

의외로 예주에게 신뢰가 있나? 아니면 계속 혜리랑 싸울까 봐 예주를 나한테 넘긴 건가?

그런 생각을 하고 있는데 예주가 다시 말했다.

"너, 우리 도와주려고 뒤늦게 들어온 여기 소속 연기자 맞지?"

"아닙니다."

"아니긴 뭐가 아니야. 그리고 너 우리랑 동갑이잖아. 여기서 알 바하냐?"

예주와 얘기하면 답답하다는 혜리의 말이 체감되는 순간이었다. 나는 대충 맞춰 주었다.

"뭐……, 원래가 일체유심조라고, 생각하기 나름인 거겠습니다만, 그게 편하다면 그렇게 생각하시면 됩니다."

"말 놔. 동갑인데. 그리고 그 말투 뭐냐? 애늙은이 같아."

"주로 늙은이들이랑 오래 있어서 그렇……, 그래."

어두운데도 예주는 거의 보이지 않는 야광 별 스티커를 잘도 찾아 움직였다. 적외선 안경을 쓴 것도 아니고. 비슷한 안경이라면 나도 있지만.

예주가 내 왼쪽에서 속삭이듯이 말했다.

"여기 이따위로 장사해도 되는 거야? 애들도 진짜 이상해졌어. 육 년 전의 기념이라고 해도 이딴 데 와도 되냐?"

예주가 오자고 한 건 아닌가 보네.

"육 년 전 친구라고 그랬지?"

"응, 나 쟤네 빼면 한국에 친구 없어. 중고등학교를 외국에서 나왔거든. 근데 친구 취급이 너무하지 않냐? 제삼자가 봐도……."

음. 나는 부러 대답하지 않았다.

"일단 혜리는 나를 너무 무시해. 원래 걔 안 그랬거든. 그리고 석희는……. 어휴, 걔는 인하에게 빚이라도 진 건지 완전 인하 하수인처럼 군다니까?"

둘이 연애한다던데. 연애를 하는 사이치고는 석희가 주눅이 많이 들어 있긴 하지만, 그건 이 공간의 특수성 때문이 아닐까?

"그리고 인하는……."

"앗."

팔이 앞에 있는 누군가와 살짝 부딪혔다. 판판한 것이 등인 듯했다.

"허어억!"

"저예요."

부딪힌 게 석희였는지, 헐떡이는 숨소리가 들렸다.

"야, 너네들 여기까지밖에 못 왔어? 굼벵이냐? 빨리 좀 가."

내 바로 옆에 선 예주가 재촉했다.

"허억……, 허어억, 흐윽……, 흐으으으!"

석희는 여전히 앓는 소리를 냈다. 미안합니다. 놀라게 할 생각은 없었는데.

"앞에 석희야? 너 우냐?"

그러자 혜리의 다급한 목소리가 날아왔다.

"석희야, 울면 안 돼! 눈물 떨어지면 안 되잖아!"

그러자 석희가 흡, 하고 숨을 멈췄다.

시발, 또 뭔데.

미역 줄기 같은 질감의, 겁나 기분 나쁘고 미끈거리는 무언가가 내 등과 배를 훑고 지나가더니 발목 사이로 떨어졌다. 불안감이 치솟는다. 시야가 차단된 상태라는 것은. 만화경을 쓸 수 있으면 좋을 텐데. 뭐가 보이기라도 한다면 이렇게 손에서 줄줄 땀이 나지 않을 테니까. 나는 소름이 돋은 팔과 다리를 움츠리며 이제 조금씩 보이기 시작하는 바닥의 별 모양을 따라갔다.

"으헉."

석희가 내는 효과음이 소름 끼치는 감촉과 더해져 우리를 더 불안하게 하는 것 같았다. 혜리가 재빨리 말했다.

"인하야, 석희 손 좀 잡아 줘. 무서워하잖아."

"내가 왜 석희 손을……."

"지금 이 상황에 성별 가리니? 방을 나가야 할 것 아니야."

"알겠어."

약간 툴툴거리는 목소리로 인하가 대답했다. 아마 혜리가 가장 앞에 있고 그다음이 인하, 석희, 나와 예주가 일렬로 서 있는 모양이었다.

그나저나, 도서관에서도 그렇고 혜리는 저렇게 티 나게 엮어 주려 하면 당사자들은 오히려 마음이 식는 걸 모르나? 뭐, 나도 잘 알지 못하긴 하지만.

"끄흡, 미안, 인하야⋯⋯, 어헉! 내가⋯⋯ 남자답지 못해서⋯⋯."

"시대에 뒤떨어진 소리 하지 말고. 양석희, 내가 지금 누가 밟았는지 세모만 보이는 야광 별 쪽으로 검지랑 중지 뻗었거든? 그거 찾아서 잡고 천천히 호흡해."

"응⋯⋯, 손가락 두 개 잡았어⋯⋯."

석희가 약간 차분해진 목소리로 대답했다.

"잡았다고? 나 아무것도 안 느껴지는데? 잡은 거 맞아?"

"헉⋯⋯, 두 개 아닌―."

그 순간 석희의 목소리가 지운 듯이 사라졌다.

"⋯⋯."

"⋯⋯."

"⋯⋯석희야?"

"⋯⋯양석희, 어딨어."

"어, 망한 거 같은데⋯⋯."

예주의 목소리가 들렸다. 내가 대신 대답했다.

"소리를 못 내는 걸 보니까 다섯 손가락에 잡힌 것 같습니다."

그 말에 혜리가 소리쳤다.

"인하야! 뒤돌아보면 안 돼! 우리는 석희 앞에 있어서 할 수 있는 게 없어!"

"고마워. 돌아볼 뻔했다."

인하가 침착하게 대답했다.

"양석희, 손가락 떼. 어떻게든 떼어 내! 인하는 움직이면 안 돼. 절대 돌아보지 마. 눈 감고 서 있어야 해. 네가 석희 도와주려다가 몇 번이나 레스토랑으로 되돌아간 거 모르지? 석희야! 우리 목소리 들려? 손가락 빨리 떼어 내야 해! 다섯 개면 위험해!"

"하지만 쟬 저렇게 혼자 놔두면, **아까도!**"

예주의 목소리가 들렸다.

나는 예주가 행동하기 전에 위험을 감수하고 만화경을 꺼내 썼다. 거대한 흰 귀의 귓구멍에서 나온 터럭 다섯 개가 기괴한 모양으로 뻗어 있는 괴이였다. 터럭은 손가락 모양의 마디로 되어 있었는데, 그중 한 개의 끝단이 석희의 목을 조르고 있었다. 손발을 늘어트린 채 부들거리며 입을 앙다문 석희의 눈가에 눈물이 맺힌 것이 보였다. 저게 바닥에 떨어지면 다시 시작인데.

근데 그게 낫지 않나? 사람이 목 졸려 죽는 것보다.

"아까 내 앞에 있었는데! 어디야!"

예주가 외쳤다. 혜리와 인하는 말이 없었다. 부적을 쓰며 대답했다.

"본인 기준 왼쪽 두 걸음, 앞으로 한 걸음 정도에서 괴물이 석희 씨 목을 조르고 있습니다. 제가 곧 도와드리겠습니다."

그 순간, 예주가 나와 동시에 움직였다. 내가 괴물에게 포스트잇 부적을 붙이자마자 예주의 주먹이 흰 귀에 부딪혔다. 부적으로 굳어 버린 괴물은 예주의 움직임을 방어하지 못하고 그대로 얻어맞았다. 석희 본인이 떼어 내게 할 생각이었는데.

예주는 보이지도 않는 곳을 향해 계속 맹렬히 주먹을 휘두르고 있었다. 권투 유학이라도 갔다 왔는지 흰 귀와 다섯 개의 터럭은 거듭된 충격에 밀가루 반죽처럼 되어 조각조각 부서져 내렸다.

부서진 귀 너머로 희미하게 은빛이 도는 벽 모서리가 시야에 들어온 순간이었다.

휘이익—!

수많은 흰 터럭이 말미잘 촉수처럼 벽 모서리에서 내 쪽을 향해 뻗어 나왔다. 맹렬한 움직임에 반사적으로 만년필을 꺼냈다.

너, 우리 보이네? 우리 보이네? 우리 보이네? 우리 보이네? 우리 보이네? 우리 보이네? 우리 보이네? 우리 보이네? 우리 보이네? 우리 보이네? 우리 보이네? 우리 보이네? 우리 보이네? 우리 보이네? 우리 보이네? 우리 보이네? 우리 보이네? 우리 보이네?

우리 보이네?

땀이 배서 촉촉한 손바닥에 붉은 주사 잉크가 묻어 났다. 영락 없이 사람 손가락 같은 무수한 털이 턱끝에 닿기 시작했다.

주문을 갈겨 쓴 왼손바닥을 오른손에 붙여 합장한 순간, 흰 손가락들이 길을 잃은 것처럼 잠시 멈춰 섰다. 나는 눈을 감고 마음을 천천히 집중했다.

나는 없다.

이곳에 존재하지 않는다.

존재하지 않는다는 생각마저 존재하지 않는다.

모두 비워졌다.

그 생각을 끝으로 암흑으로 되돌아왔다.

어디 숨었어. 어디 숨었어.

소리가 점점 잦아들었다. 더듬더듬 만화경을 벗고 눈을 떴다. 까맣게 변한 시야에 적응하려고 눈을 깜빡이자 불쑥 불안한 마음이 일었다.

석희가 숨을 몰아쉬는 소리가 들렸다. 곧 앞쪽에서 혜리 목소리도 들렸다.

"이제 석희도 괜찮은 거지? 다시 앞으로 가면 될 거 같아. 얘들아, 앞사람 옷 잡아. 다섯 손가락으로 잡으면 안 돼. 알지? 일렬로 이동하는 거야."

나는 필사적으로 바닥에 붙어 있는 야광 별을 찾으려고 애썼다. 하지만 다시 어둠에 적응하려면 시간이 걸리는 것인지, 만화경 때문에 기를 소진해서 피로해진 눈이 초점을 잃은 것인지 별이 보이지 않았다. 내 앞에 선 예주의 옷을 붙잡고 걸어가며 끔찍한 생각을 떨쳐 내려고 노력했다.

이런 일을 사뢰가 한다고? 한두 개도 아니고 수십, 수백의 기이한 촉수들을 보고도 기절하지 않고 처리한다고? 혹시 사뢰가 나를 현장에 나가도록 허락한 건 사뢰도 이런 걸 싫어하기 때문이 아닐까?

걱정되는 마음을 누르며 애써 즐거운 생각을 하려고 했다. 사뢰가 나를 의지한다는 상상만 해도 기분이 나아지는 듯했다.

바로 앞에 희미한 흰색 문틀이 보였다. 검은 그림자로만 보이는 누군가가 그 문 앞에 서 있었다. 아마 혜리겠지.

끽―.

철문이 바닥을 긁는 마찰음과 함께 통로에서 빛이 쏟아져 들어왔다. 창백한 푸른빛이었으나 그렇게 반가울 수 없었다. 안도했다. 만화경에 시력을 잡아먹히지 않은 것에.

"아까 내가 석희 뒤통수 때렸잖아. 딱 그 높이에 손을 뻗었더니 뭐가 부서지는 게 느껴지더라고."

"고마워……."

예주에게 답하던 석희는 목이 멘 듯했다. 예주가 주머니에서 무언가를 꺼내 아직 눈물이 고여 있는 눈가를 닦는 석희에게 내밀었다.

"그러고 나서 뭔가가 내 앞에 후두둑 떨어지더라. 손에 잡혀서 주머니에 넣었는데. 볼래?"

휴지인가 했는데, 예주가 석희에게 불쑥 내민 것은 쪼그라들어 주름이 빼곡한 손가락이었다. 본인이 내밀어 놓고 식겁한 예주는 그걸 바닥에 던졌다.

"와 씨, 소품도 꼭 이딴 거를 써요."

석희가 기운 없는 표정으로 피식 웃으며 바닥에 떨어진 손가락 조각을 바라보았다. 나는 왠지 기분이 나빠 그걸 통로 저편으로 찼다. 혜리가 혹시 모른다고, 쓰레기 같은 거 막 버리면 안 된다며 뛰어가는 것이 보였다. 그사이 나는 확실히 하기 위해 예주에게 물어봤다.

"혹시 그쪽도 보이십니까?"

예주 쪽에 물었는데 예주는 조용하고 석희가 대신 답을 했다.

"뭐가요……?"

"아까 석희 씨 목 조른 놈 말입니다."

"……그게…… 보여……보여야 하는…… 헉…… 건가요."

석희의 얼굴에서 희미하던 미소가 다시 사라졌다. 예주가 인상을 찌푸렸다.

"야, 뭐냐? 왜 상기시키는데? 가뜩이나 어둠에 약한 애한테 더 이상 묻지 마."

그러나 석희는 예주의 비호에도 떨떠름한 표정으로 등을 돌렸다. 통로를 걸어가는 석희의 뒷모습을 보며 대신 예주에게 사과했다.

"그냥 궁금해서 물어봤습니다. 미안합니다."

쯧, 하고 예주가 혀를 차며 고개를 돌렸다. 내 쪽으로 다가온 인하가 정리했다.

"됐어, 이제 거의 다 왔잖아. 이번에는 진짜 나갈 수 있을 거 같아."

그러고는 나를 돌아보며 덧붙였다.

"석희가 저기서 울어서 몇 번 규칙을 어겼어요. 제가 이런 걸 말하기는 민망하지만……. 석희는 과거에 일이 있어서 어두운 걸 싫어하거든요."

그 순간, 예주가 석희를 향해 의아하다는 듯 시선을 던지며 물었다.

"과거에 일이 있었어?"

그러나 석희가 대답하기도 전에 인하가 먼저 하던 말을 계속이었다.

"그리고 예주가 원래 좀 다혈질이라……. 사실 저번에는 첫 번째랑 두 번째 방에서 괴물들이랑 싸우고 그랬거든요. 그런데 이번에는 용케 도움이 된 거 같네요.”

그 말에 등을 보이고 걸어가던 예주가 불쑥 내뱉었다.

“‘용케’가 아니라 ‘기특하게’겠지.”

예주가 저런 말을 해서 그런가. 뭔가 낯선데.

통로 끝에 도착하니 푸른 빛 사이로 검은 문이 보였다.

“규칙만 보이는데, 여기가 문인가? 손잡이는 어디지?”

인하가 중얼거렸다.

“안 보입니까?”

“저흰…… 문고리가 안 보여요…….”

석희의 목소리가 들렸다. 해당 공간의 규칙을 어긴 적이 없는 사람만 출입구를 열 수 있다는 규칙이 떠올랐다. 레스토랑에서의 두 번을 제외하고는 오로지 혜리만이 규칙을 어기지 않았다고 했으니까, 나와 혜리에게만 문이 보이는 게 맞다.

규칙을 읽기 위해 문손잡이를 잡아 열어 두고 석희와 인하, 예주까지 들여보냈다. 마지막으로 쓰레기(?)를 주워 온 혜리까지 들어가게 했다. 저거 버리게 해야 하는데.

“나도…… 아무래도, 규칙…… 다시 읽어야…….”

문 안쪽에서 석희가 웅얼거리는 소리가 들렸다. 문간에 서 있던 혜리가 다소 심드렁하게 대답했다.

“거짓말만 하지 않으면 되는 게임이야. 규칙 다 몰라도 돼.”

그리고 고개를 돌려 내게 말했다.

"저기요, 들어가셔야 되는데요."

왜인지 아까보다 퉁명스러운 말투였다.

"저는 규칙을 좀 외워 놓고 들어가겠습니다."

혜리가 고개를 홱 돌렸다.

"그럼 그러세요. 근데 이제 저희는 시간이 많이 없어요."

그렇게 말한 혜리는 안쪽으로 사라졌다. 나는 아랑곳하지 않고 천천히 검은 문에 쓰인 규칙을 읽어 나가기 시작했다.

겁만 안 먹으면 돼요

검은 다리 체육관

* 플레이 타임: 20분
* 주의하세요! 체육관의 규칙을 어긴 인간은 출구의 문을 열 수 없으며, 그동안 쌓인 체육관에서의 모든 기억을 잃게 됩니다.

* 게임 참가자는 참/거짓을 가릴 수 있는 명제를 내놓아야 하고, 해당 명제의 참/거짓을 반드시 선택해야 합니다.
* 참가자가 명제를 선언할 필요는 없습니다.
* 참가자는 꼭 진실을 택할 필요는 없습니다.
* 참가자는 진실과 다른 답을 내놓지 마십시오.
* 진실과 다른 답을 선택하지 마십시오.

- 잘못된 답을 택하지 마십시오.

- 오답을 말하지 마십시오.

- 무조건 참을 택하십시오

- 거짓을 택하지 마십시오

- 사실을 틀리지 마십시오

- 규칙을 어기지 마십시오

- 어기지 마십시오

- 어기지 마십시오

- 어기지 마십시오

- 어기지 마십시오

- 어기지 마십시오

- 유의하십시오. 절대 규칙을 어기지 마십시오.

밑에 조금 공간을 두고 마지막 규칙이 적혀 있었다.

- 이번 방은 '내일이 오지 않아도' 프로그램의 네 번째 방이자 마지막 방입니다. 이 방의 출구로 나가면 통로 끝에서 비상 탈출구를 찾을 수 있습니다.

"프로그램의 마지막 방? 아까 혜리도 방 네 개를 통과하면 탈출이라고 했던 거 같은데. 이 규칙을 기억한 거겠지?"

방 탈출 카페 입구의 플래카드 맨 밑, 괴이 추적자가 써 놨던 규칙을 한 번 더 복기했다. '플레이 중 한 번이라도 규칙을 어긴 인간은 마지막 탈출구의 위치를 알 수 없으며, 이 공간에서의 모든 기억을 잃게 됩니다'.

본인이 어떤 규칙도 어긴 적이 없다고 기억하는 혜리지만, 사실은 첫 번째 방의 규칙을 어긴 적이 있다. 게다가 혜리의 기억 속에서 예주, 석희, 인하는 더 많은 규칙들을 어겼다고 했다.

그래, 마지막만 잘하면 돼. 아직 저 애들에게 뭔가를 보여 주지는 못한 것 같지만 현재까지 어떤 규칙도 어기지 않은 건, 마지막 탈출구의 위치를 알 수 있는 건 나뿐이다. 저 애들은 결국 내가 필요하게 되어 있다.

규칙을 다시 한번 읽었다.

검은 다리 체육관

* 플레이 타임: 20분
* 주의하세요! 체육관의 규칙을 어긴 인간은 출구의 문을 열 수 없으며, 그동안 쌓인 체육관에서의 모든 기억을 잃게 됩니다.

• 게임 참가자는 참/거짓을 가릴 수 있는 명제를 내놓아야 하고, 해당 명제의 참/거짓을 반드시 선택해야 합니다.

- 참가자가 명제를 선언할 필요는 없습니다.

일단 두 번째 규칙. 명제를 선언할 필요는 없다고? 바로 윗줄에 명제를 내놓으라고 되어 있는데. 허위 규칙인가?

쉽게 확인하려면 만화경을 쓰면 되지만, 별 두 개짜리 심령 스폿의 허위 규칙을 탐색하기 위해 위험을 무릅쓰고 싶지는 않았다. 내가 알고 있는 지식과 논리로 충분히 가려낼 수 있을 거라고 생각해서 일단 넘겼다.

- 참가자는 꼭 진실을 택할 필요는 없습니다.
- 참가자는 진실과 다른 답을 내놓지 마십시오.
- 진실과 다른 답을 선택하지 마십시오.
- 잘못된 답을 택하지 마십시오.
- 오답을 말하지 마십시오.
- 무조건 참을 택하십시오
- 거짓을 택하지 마십시오
- 사실을 틀리지 마십시오
- 규칙을 어기지 마십시오
- 어기지 마십시오
- 어기지 마십시오
- 어기지 마십시오

- 어기지 마십시오

- 어기지 마십시오

- 유의하십시오. 절대 규칙을 어기지 마십시오.

- 이번 방은 '내일이 오지 않아도' 프로그램의 네 번째 방이자 마지막 방입니다. 이 방의 출구로 나가면 통로 끝에서 비상 탈출구를 찾을 수 있습니다.

- *심판에게 틀린 답을 내놓는 즉시 이 방을 빠져나갈 수 없습니다.*

- *심판에게 틀린 답을 내놓아도 이 방을 빠져나갈 수 있습니다.*

- *틀린 답을 내놓는 즉시……*

아까와 달리 괴발개발 이상한 글씨체로 추가된 규칙이 보였다. 자세히 보니 잉크나 먹으로 쓴 게 아니라 반짝이는 은색 실 같은 것이 글자를 이루고 있다. 내게 영안만 있었어도 글자를 쓴 것들이 보였을 텐데.

추가된 글자들에 손을 대어 보았다. 손을 대지 말라는 얘긴 없었으니까. 실은 손가락에 달라붙어 약간 늘어지더니 푸슬푸슬 떨어져 나갔다. 이게 뭐지?

- *심판에게 틀린 답을 내놓는 즉시 이 방을 빠져나갈 수 없습니다.*

- *~~심판에게 틀린 답을 내놓아도 이 방을 빠져나갈 수 있습니다.~~*

얇은 실 같은 것에 손을 댄 순간, 두 규칙에 진한 취소선이 그어졌다. 더더욱 사실에 부합하는 답을 고르는 게 중요해 보였다. 규칙에도 몇 번이나 강조되어 있고, 뭐가 됐든 여기서 틀리면 처음으로 되돌아가 비위 상하는 음식부터 먹어야 한다. 그나저나, 심판이 있다고?

전체 규칙을 확실하게 다시 암기한 뒤 문 안으로 들어갔다. 애들은 체육관 중앙에 모여 있었다. 라이트가 켜져 있어 세 번째 방처럼 어둡지는 않았지만 음산한 한기가 느껴졌다. 이곳 역시 보이지 않는 것들이 바글바글한 게 틀림없다.

체육관 중앙에는 네트가 쳐진 테니스 코트가 하나 있었다. 코트 주변에는 의자가 네 개 있고, 네트 왼편과 오른편에는 O/X 표시가 크게 그려져 있었다. 페인트를 칠해 놓은 벽면이며 반들반들한 마룻바닥이며, 겉보기에는 완벽히 평범한 체육관이었다. 네트 위쪽에 앉은 거미 괴물만 제외하면.

거미는 인간보다 컸다. 천장에 닿진 않으니까 3미터 정도? 괴물이 입에 달린 독니와 턱을 부딪혀 다닥 소리를 냈다. 사람 몸뚱이만 한 다리 여덟 개가 각자 자아를 가진듯이 기괴하게 움직였다.

끔찍하군. 아마 저게 심판이겠지. 심판석에 앉아 있으니까. 그럼 아까 그건 거미줄이겠군.

"선생님도 오셨으니까 대표를 정하자."

인하는 끝까지 간지럽게 나를 선생님이라고 불렀다. 석희가 나를 보고 가볍게 눈인사를 했다. 혜리는 멀뚱히 서서 내 쪽을 바라보고 있었는데, 시선 한구석이 약간 삐딱했다. 혜리가 나를 반기던 레스토랑에서의 기억이 전생같이 느껴졌다. 혜리는 이 방의 문제를 본인이 풀고 이번에야말로 이곳을 탈출하길 기대할지도 모른다. 아니면, 내가 여태까지 한 게 없다고 생각하려나. 입꼬리 한쪽이 비쭉 올라갔다.

예주가 내 어깨에 팔을 느슨하게 올리며 말했다.

"이 방이 끝이라며. 여기 나가면 오늘 모임 파하는 거야? 아니면 저녁 먹고 가자. 나 피자 먹고 싶은데. 아까도 말했잖아……."

혜리가 대답 대신 나지막이 한숨을 내쉬었다. 입속에서 욕을 중얼거린 것 같기도 하고. 그러든가 말든가 예주는 내 쪽으로 고개를 돌렸다.

"이것도 인연인데, 넌 여기 알바 언제 끝나냐? 시간 되면 너도 저녁 같이 먹을래?"

벌써 이 정도로 친해졌나, 우리가?

혜리가 나와 예주를 등지고 걸어가 가장 먼 자리에 앉았다. 그러자 약간 민망한 듯한 표정의 인하가 내 쪽으로 다가왔다.

"혜리가 좀…… 화났나 봐요. 플레이 타임이 정해져 있는데 선생님께서 규칙 읽는 데 시간을 쓴다고……."

시간? 아, 플레이 타임이 총 칠십 분이라고 했지.

휴대폰을 꺼내 보았다. 2999년 98월 166일 오후 90시 101분. 날짜와 시각을 나타내는 숫자가 온통 엉망진창으로 변해 있었다. 칠십 분은커녕 십 분도 안 지났을 수도 있고, 칠백 분이 지났을 수도 있다. 시간의 흐름이 분명하지 않은 곳에서의 시간제한 규칙은 게시해 봤자 지킬 수 없으므로, 허위 규칙일 확률이 높다. 허위 규칙이 아니라면 이곳의 난도가 별 다섯 개는 되었어야 한다.

이 모든 걸 설명하자니 구차해져, 인하에게는 그저 간단히 대꾸했다.

"혜리 씨는 제가 별로 도움이 되지 않는다고 생각하고 있나 봅니다."

"아……, 그 말 들으셨어요?"

"혜리 씨가 그렇게 말했었습니까?"

내가 되묻자 인하가 입을 다물고는 살짝 고개를 끄덕였다. 그나저나 왜 갑자기 저렇게까지 냉랭해진 거지? 아, 아까 주워 온 괴이의 조각 때문인가?

그 순간, 철판을 손톱으로 긁는 듯한 기괴한 목소리가 체육관에 울려 퍼졌다. 공포를 느끼지 않아도 반사적으로 소름이 돋는 주파수였다.

첫 번째 게임을 할 사람은 키가 큰 남자이다.

"하필이면 제가 처음입니까?"

나는 코트 안쪽으로 걸어갔다.

나머지는 의자에 착석하시오.

인하가 가장 왼쪽에 앉았다. 심판석과 제일 가까운 의자였다. 그 옆에 석희가, 다음에 예주가 앉았고, 혜리는 이미 그다음 의자에 앉아 있었다.

"혜리가…… 한 번 하면…… 어떤 게임인지 알 거래요……."

석희가 말했다. 나는 고개를 끄덕였다.

"겁만 안 먹으면 돼요."

혜리의 딱딱한 말이 끝나기가 무섭게 체육관 네 모서리에서 검고 작은 점들이 다닥다닥 나타났다. 척추에서부터 근원적인 혐오감이 올라왔다. 그것은 아주 작은 검은색 거미들이었다. 작은 거미들이, 아마 수억, 수십억 마리는 될 손톱만 한 거미들이 이동하면서 내는 미세한 소음이 거대한 합창이 되어 체육관을 울렸다.

아무렇지 않은 척했지만, 이가 살짝 떨렸다. 사뫼는 이런 걸 어떻게 매일매일 견디는 거지?

"와우……, 특수 효과 지리네."

예주가 팔을 벅벅 긁으며 중얼거렸다. 의외로 석희는 아무렇지 않은 듯했지만 인하는 시선도 맞추기 싫은 듯 인상을 찌푸렸다.

그것들이 내 운동화와 다리, 몸통과 팔과 얼굴을 뒤덮는 것이 느껴졌다. 거미 떼 일부라도 입안으로 들어갈까 봐 입을 꼭 다물고 숨을 최소한으로 내쉬었다. 속눈썹 위를 지나다니는 거미 떼 때문에 눈도 감을 수밖에 없었다.

"저 사람 괜찮을까?"

"괜찮겠지……. 너도 해 보면 알겠지만, 별것 없어."

석희와 혜리의 말이 오가는 것이 들렸다.

괜찮다고? 진짜? 너네는 이게 괜찮을 거 같냐?

몸이 끔찍하게 간지럽고 쉴 새 없이 소름이 돋았다가, 어느 순간 아무 느낌이 없어졌다. 눈동자 앞에서 징그러운 것들이 계속 기어다니는 게 느껴졌다.

다가다가다가다가다가다가다가다가다가다가다가다가다가다가 가다가다가다가다가다가다가다가다가다가다가다가다가다가다가 가다가다가다가다가다가다가다가다가다가다가다가다가다가다가 가다가다가다가다가다가다가다가다가다가다가다가다가다가다가 가다가다가다가다가─.

거미들이 움직이는 소리가 한순간에 멈췄다. 피부 전체에 작은 딱지들을 무수히 달고 있는 것 같았다. 나를 뒤덮은 거대한 거미 군집이 관절과 근육과 피부를 마비시켰는지 몸을 움직일 수도 없었다. 나는 덜덜 떨며 천천히 숨을 내쉬었다.

이윽고 거미들이 줄지어 내 몸에서 기어 나가는 것이 느껴졌다. 운동화 끝에서 최후의 한 마리까지 떨어져 나간 그것들은 순간 거대한 그림자처럼 일렁이더니, 코트 앞을 까맣게 뒤덮고는 한순간에 사라졌다.

그것들이 사라진 곳에는 회백색 거미줄이 자수처럼 글자를 수 놓고 있었다.

혜리는 이곳에서 내가 별로 도움이 되지 않는다고 말했으며, 이 말을 내게 전달해 준 것은 인하이다.

허?

인하가 난처하다는 표정으로 나를 바라보았다. 귀가 새빨개져 있었다.

"어, 저거 원래 내 명제로 비슷하게 나왔었는데. '예주가 이곳에 있는 것은 나에겐 별로 도움이 되지 않는다.'"

"그래서 넌 뭐라고 대답했는데?"

혜리의 말에 옆에 앉은 예주가 물었다.

"당연히 O지. 너 도움 안 돼."

"어휴, 이걸 진짜."

혜리만 기억이 남아 있는 이유가 있긴 한 것 같다.

"저 때문에 거짓을 택하지 마세요. 답을 알 것 같으니까."

그렇게 말한 혜리가 제 말을 전한 인하를 슬쩍 흘겨봤다. 인하 는 딴청을 부렸다.

"사실 저희는 여기 들어올 때마다 매번 거짓말 안 하기로 약속 했거든요. 아까도 그렇고요. 애들 중 누가 문제인지……."

그렇게 말한 혜리가 예주와 석희, 인하를 차례대로 흘겼다. 나는 피식 웃었다. 아마 저 명제의 주어는 계속 바뀌었을지도 모르겠다. 예주뿐 아니라 다른 사람들로도.

"하긴 그렇습니다. 모두가 거짓을 택하지 않기로 약속하면 이 방을 못 나갈 이유가 없으니까. 규칙에도 나와 있듯이 진실만 선택하면 되는 것 같습니다."

"부탁드려요."

혜리가 심드렁하게 말했다.

나는 커다랗게 O가 적힌 코트를 향해 천천히 걸어갔다. 이런 게임이로군. '참가자가 명제를 선언할 필요는 없다'라는 건, 거미가 알아서 참가자에게서 명제를 뽑아 온다는 거였다. 아마도 명제란 건 그게 참인지 거짓인지는 본인만 알고 있는 무의식 속의 생각이겠지.

내가 O 위에 도착하자 거미줄이 깨끗이 지워졌다. 심판 거미가 독니를 딱딱거렸다.

두 번째 게임을 할 사람은 키가 작은 남자이다.

석희가 자리에서 일어섰다. 곧 거미가 그를 뒤덮었다. 몸이 부들부들 떨리는 것이 보였지만, 석희는 용케도 비명을 지르거나 하지는 않았다. 일정한 시간이 지나자 거미들이 아까 내 몸에서 떨어져 나갔듯이 석희의 몸을 빠져나갔다.

곧 거미줄로 명제가 적혔다.

언젠가 혜리는 나에게 자신이 오빠에게 독살당할 뻔한 적이 있다고
말했다.

그걸 본 혜리가 웃음을 터트렸다.

"내가 오빠한테 독살당할 뻔한 적은 없는데 저건 왜 또 나오는
거야? 봐도 봐도 진짜 웃기네."

혜리는 소리를 내어 깔깔 웃었다. 급기야 눈물을 흘리기까지
했다. 조용한 체육관에 혜리의 웃음소리가 퍼져 나갔다. 예주가
어깨를 으쓱이며 덧붙였다.

"웃기긴 해. 나도 혜리네 오빠 아는데, 오빠가 아무리 애를 싫어
해도 그럴 배짱이 있겠냐?"

"우리 오빠 나 안 싫어해. 내가 오빠를 싫어하지."

"뭐, 그게 편하다면 그렇게 생각하든가."

혜리와 예주가 또 아옹다옹하려는 사이 혜리에게 물었다.

"이 방의 명제는 계속 똑같은 겁니까?"

"이 방까지 오기 힘들어서 잘 기억나진 않지만, 바뀐 것도 있었
어요."

"혹시 어떤 규칙이라도……?"

"그건 모르겠는데요."

목소리가 여전히 뽀로통했다. 나는 잠시 생각에 잠겼다.

코트 중앙 뒤편에 있던 석희는 약간 미간을 찌푸리더니 X로 걸

어갔다. 곧 거미줄이 안개처럼 흩날려 사라졌다. 석희가 자리로 돌아왔다. 입술을 깨물고 있었는데, 거미 떼 때문에 아직도 몸서리를 치는 것 같아 보였다.

세 번째 게임을 할 사람은 키가 가장 작은 여자이다.

혜리가 일어서서 심판 거미 앞에 섰다. 아무렇지 않은 척했지만, 약간 떨리는지 목을 큼큼거렸다. 그러고는 입속말로 "가짜, 가짜" 하고 중얼거렸다. 곧 작은 거미 군단이 그 애를 덮쳤다.

다가다가다가다가—.

끔찍한 소리가 멈췄을 때, 우리는 혜리가 비명을 지르고 있다는 것을 알아챘다.

"미친! 진짜! 으악! 익숙해! 지지가! 않네! 악! 입에 들어왔어! 퉷! 이제 좀 꺼지라고!!!"

그 바람대로 거미들은 곧 혜리의 몸에서 떨어져 나갔다. 거미들이 거대한 거미줄 글씨를 쓰고 사라지자, 체육관 바닥에 세 번째 명제가 보였다.

나는 예주가 이곳의 규칙을 어길 수밖에 없는 이유를 알고 있다.

우리의 시선이 혜리에게 모였다. 내 옆에 앉은 예주가 살짝 콧방귀를 뀌었다. 다른 사람이 뭐라 말하기도 전에 혜리는 X로 이동하며 중얼거렸다.

"그런 걸 내가 어떻게 알아? 본인은 알겠지, 왜 저러는지."

예주는 눈썹을 꿈틀거렸지만 대꾸하지는 않았다. 인하가 대신 혀를 찼다.

또 거미줄이 지우개로 지워진 것처럼 싹 사라졌다. 소름 끼치는 소리가 다시 끽끽, 공간을 울렸다. 나는 계속 팔을 긁으며 자리로 돌아온 혜리에게 물어보았다.

"예전 명제랑 바뀐 거 맞습니까?"

"그러고 보니, 제 명제는 지금까지 다 바뀌었네요. 다른 애들은 거의…… 비슷했던 거 같은데."

아까보단 누그러진 말투로 혜리가 대답했다. 음, 명제가 만들어지는 데엔 규칙이 없는 걸까?

심판 거미의 목소리가 더 물어보려던 내 입을 막았다.

네 번째 게임을 할 사람은 키가 중간인 여자이다.

예주가 일어섰다.

"Shit. 특수 효과 좀 무서운데."

"안 무서워."

"오혜리, 아까 비명 지르던 건 잊었나 보네."

혜리가 입을 다물자, 곧 수만의 작은 거미가 예주의 발등부터 차례대로 올라가 예주를 에워쌌다. 잠시 후 거미로 뒤덮였던 예주의 얼굴과 몸이 천천히 다시 나왔고, 체육관 마룻바닥을 일렁이던 거미들이 사라지자 글자가 드러났다.

인하가 운동을 그만둔 정확한 이유를 알고 있는 타인은 나뿐이다.

거미가 몸을 훑고 지나간 것 때문에 인상을 잔뜩 구기고 있던 예주는 명제가 나타나자 시선을 그 문장에 고정하고는 눈을 부릅 떴다.

석희가 의아하다는 목소리로 말했다.

"인하가 운동을 그만둔 이유는 나도 아는데……?"

그 말을 들은 인하가 눈을 꿈쩍였다.

"인하야, 너 뭐 다른 이유로…… 배드민턴 관둔 거야?"

"아니야."

그러고는 석희의 말을 잘랐다. 혜리가 내 옆에서 흐음, 하고 작은 목소리로 혼잣말하는 것이 들렸다.

"배드민턴을 했었어? 인하가? 테니스 아니었나?"

저렇게 관심이 없는데 어떻게 친구지? 잠시 침묵이 흘렀다. 초등학교 졸업하고 한 번도 안 만났나 싶어 혜리에게 물어보려는데, 줄곧 글자들에만 시선을 맞추고 있던 예주가 X 쪽으로 드디어 발을 떼는 것이 보였다.

마룻바닥에서 반짝이던 글자가 사라지고 예주가 자리로 돌아오자, 다시 심판 거미가 머리를 들썩였다.

다섯 번째 게임을 할 사람은 키가 가장 큰 여자이다.

인하가 자리에서 일어섰다. 마지막 사람이었다. 우리는 모두 살짝 긴장한 표정으로 시선을 교환했다.

"거짓말하면 안 돼."

혜리가 말했다. 인하는 당연하다는 듯이 고개를 끄덕였다. 예주가 입맛을 다시듯이 쩝 소리를 냈다. 석희는 인하를 응시한 채 아무 말도 하지 않았다.

굳이 거짓말을 하지 않아도 되는 사소한 내용일 뿐이라 약간 김이 빠졌다. 내가 도와주지 않아도 이 애들이 스스로 빠져나왔을 난도가 분명했다. 아니면 이번에 운이 좋은 것일 수도 있고. 전에 이 방에 왔을 때는 좀 더 난처한 질문이었을지도.

인하의 몸을 감쌌던 거미들이 사방으로 흩어져 사라지고, 끙끙대는 인하의 목소리 너머 반짝이는 거미줄 글자가 눈에 들어왔다.

석희는 우리 집 바로 옆집에 살고 있다.

이거 봐. 김빠지는 내용뿐이라니까. 혜리가 내가 쓸모없다고 생각해도 별수 없다. 별로 도움이 안 된 건 사실이니까. 하지만, 결말이 좋으면 된 거지.

인하는 움직이지 않고 우두커니 서 있었다. 예주가 인하를 돕듯이 말했다.

"이건 틀린 말 아니야?"

혜리도 말했다.

"맞아, 이 명제, 전에도 나왔어. 그때도 모두 같이 확인했다고. 인하는 우리랑 다른 아파트 살고 석희는 우리 동네 살아. 정인하, 혹시 석희 사는 곳 모르는 거 아니지?"

혜리의 염려 섞인 목소리에 인하가 고개를 저었다. 그러고는 희미한 미소를 띠며 X에 가서 섰다. 석희는 긴장이 되는지 손톱을 물어뜯었고, 곧 인하의 명제도 순식간에 사라져 체육관 바닥이 깨끗해졌다.

거미가 수많은 쌍의 눈을 부라리며 이쪽을 쳐다보았다. 출구를 안내할 시간이었다.

그런데 거미가 소름 끼치는 목소리로 말했다.

다섯 개의 답 중 진실이 아닌 것이 있다.

뭐?

그때 무언가에 발목이 낚아채이는 것 같은 느낌이 들었다. 쿵 소리와 함께 몸이 바닥으로 무너져 내리고, 내 몸과 부딪히는 순간 바닥이 새카만 허공으로 변해 몸이 그 밑으로 떨어지는 것이 느껴졌다.

찰나인지 억겁인지 모를 괴기스러운 시간 감각이 뒤죽박죽 몰려들어, 나는 정신을 잃어버렸다.

스파게티류로 시키지 마

붉은 혀 패밀리 레스토랑

* 플레이 타임: 15분

* 주의하세요! 레스토랑의 규칙을 어긴 인간은 출구의 문을 열 수 없으며, 그동안 쌓인 레스토랑에서의 모든 기억을 잃게 됩니다.

• 주문 시 정확한 인원수와 메뉴를 알려 주셔야 하며, 인원수와 메뉴가 정확하지 않으면 입장할 수 없습니다.

• 1인당 2 메뉴까지 시키실 수 있으며 접시 위의 음식은 어떤 조각도 남기시면 안 됩니다.

• 1인당 1 음료를 시키셔야 하며 컵 안의 음료는 모두 드셔야 합니다.

• 음식을 씹을 때는 어떤 경우에도 입을 열지 마십시오.

나는 아주 낯익은 붉은 문 앞에 서 있었다. 한 번 읽어 본 규칙이었다. 첫 번째 방으로 되돌아온 것이 틀림없다.

문을 열기 전, 인상이 저절로 찌푸려졌다.

"도대체 누가……."

기억을 복기했다. 나는 정답인 O를 골랐다. 나 다음은 석희. X를 골랐다. '언젠가 혜리는 나에게 자신이 오빠에게 독살당할 뻔한 적이 있다고 말했다.' 이게 말이 되나? 혜리가 눈물까지 흘리며 깔깔거리던 장면을 기억해 냈다. 말도 안 되는 소리라고 타박하며 웃었는데 그게 혜리의 거짓 웃음이었다면 X가 아니라 O인 명제일 수도 있다. 내용이 끔찍하니까, 숨기고 싶은 이유가 있을지도.

혜리의 명제는 '나는 예주가 이곳의 규칙을 어길 수밖에 없는 이유를 알고 있다'였지. 그렇게 탈출에 목매고 처음으로 되돌아오는 걸 진저리치는 혜리가 거짓말할 이유는 없는 것 같은데.

아님 예주인가? '인하가 운동을 그만둔 정확한 이유를 알고 있는 건 나뿐이다.' 혜리는 인하가 어떤 운동을 했는지도 정확히 모르고 있었다. 그럼 예주랑 인하가 특별히 친했는데, 인하랑 사귀는 석희는 제대로 몰라서 서운할까 봐 예주가 거짓말을 했나? 골치가 아파졌다. 석희가 서운해할 걸 왜 예주가 신경 써? 그럴 성격도 못되어 보이던데.

생각을 마지막 명제로 옮겼다. 이건 무조건 참일 거다. '석희는 우리 집 바로 옆집에 살고 있다.' 서로 사는 곳도 모를 리가 없지.
아무리 그래도 친구고, 넷 중 하나는 제대로 알 테니까.

물어보면 되겠지, 물어보면.

한숨을 내쉬고는 문을 열었다.

익숙한 광고 래핑 냉장고를 지나쳐 들어가자 다홍색과 보라색
벽지와 갈색 바닥이 나타났다. 멀리 보이는, 살아 있는 흰색 내창
을 보지 않으려고 애쓰며 네 명이 모여 있는 카운터 앞으로 걸어
갔다.

"오셨어요……."

석희가 주눅이 든 목소리로 말했다. 인하는 내게 목례했지만
혜리는 내 쪽을 볼 여유가 없었다.

"야, 너 때문에 또 되돌아왔잖아!"

"무슨 소릴 하는 건지. 여기 방 탈출 아니야? 응? 이 사람은 누
구야? 알바인가?"

혜리의 비난에 대꾸하던 예주가 나를 보며 말했다. 실소가 나
왔다. 권투 유학이 아니라 외국으로 연기 유학을 간 거였는지도
모르겠다. 왜 쟤는 항상 아무것도 모르는 척을 하는 거지. 모든 방
의 기억이 날아간 것도 아니면서. 이전 회차에서도 예주는 분명
세 번째 방의 기억을 갖고 있었다.

아무튼 대답을 하려는데 뒤돌아본 혜리와 눈이 마주쳤다. 뾰족

한 눈꼬리를 보니 아주 고까운 눈치였다. 나는 예주가 아니라 혜리를 향해 말했다. 예주를 탓하는 걸 보니 혜리는 확정이니까.

"왜 거짓말을 했습니까?"

주변의 공기가 싸해졌다. 때마침 점액질 종업원 괴물이 질척질척한 다리인지 뿌리인지를 휘두르며 나타났다.

몇 분이십니까?

내가 대답했다.

"다섯 명입니다."

괴물 종업원은 우리를 아까와 똑같은 자리로 안내했다.

주문은 바로 하시겠습니까?

석희가 가느다란 목소리를 내려는 것을 가로챘다.

"아뇨, 조금 이따 다시 와 주시겠습니까?"

주문이 필요하시면 오른손을 들어 주십시오.

종업원은 질척한 다리를 기괴한 각도로 움직이며 저편으로 사라졌다.

"왜 종업원을 물러요? 시간제한이 있다고요!"

혜리가 답답하다는 듯 말했다. 나는 혜리에게 다시 물었다.

"왜 거짓말을 했습니까?"

"무슨 소리예요. 거짓말을 했다뇨?"

"우리 방금 네 번째 방에서 돌아왔어요. 기억 못 하죠?"

혜리의 표정이 흐려졌다. 기억이 남아 있다면, 거짓말을 하지 않았다면 예주를 탓하고 있을 리가 없다. 예주가 거짓을 택했는지 아닌지를 모를 수밖에 없는 게 혜리다. 인하가 어떤 운동을 했었는지도 몰랐으니까.

"네 번째 방도 있어요?"

"네 번째 방이라니? 뭔 소리야. 여기 네 번째 방까지 있다구?"

예주의 눈도 동그래졌다. 저 표정도 연기인가? 나는 어깨를 으쓱했다. 그리고 혜리에게 되물었다.

"혹시 혜리 씨, 세 번째 방에서 누가 규칙을 어겼는지 기억납니까?"

혜리가 잠시 생각하는 표정이 되었다.

"세 번째……, 하얀 손 호텔 말씀하시는 거죠? 그 암흑 방……. 잠깐만. 예주가 석희를 도와줬고……, 손가락이……. 어, 거기 빠져나왔는데! 왜 우리가 여기 있지? 거기가 마지막……."

눈이 동그래진 혜리 옆에서 석희와 인하도 머리를 망치로 맞은 것 같은 표정이 되어 나를 보았다. 뭐야, 저 표정은?

"맞아, 우리 세 번째 방에서 나왔었어. 그리고 복도를 걸어갔는데 다시 이곳이라는 건……."

인하가 차근차근 말을 이었다. 석희가 입안으로 웅얼거리듯이 말하는 소리가 들렸다.

"나도 거기까진 기억나는데……."

"우리는 마지막, 네 번째 방에서 되돌아왔어요. 검은 다리 체육관."

"여기 그런 방은 없지 않나……? 방은 세 개뿐……."

예주의 말까지 듣자 씁쓸해졌다. 예주도 기억을 못 하는 건가. 나는 입구에 적혀 있던 플래카드의 문구를 말해 주었다.

"'내일이 오지 않아도'는 4인용 방 탈출 게임입니다. 기억하십니까? 네 개의 방이 있고, 그 방들을 전부 탈출하면 끝난다는 규칙이 있었습니다. 그런데 여러분 모두 지금 마지막 방의 기억이 없는 것 같습니다."

"……."

"……."

"……."

"……."

나는 길게 한숨을 내쉬었다. 어이가 없다. 뭐, 차라리 잘되었을 수도 있지만.

"마지막인 네 번째 방은 끔찍하고 거대한 거미가 여러분에 대한 명제를 주고 참과 거짓을 가리는 방이었습니다. 명제는 예를 들어 이런 겁니다. '오혜리는 나, 악이가 탈출에 도움이 안 된다고 생각한다.' 혜리 씨, 솔직히 말해 보십시오. 지금까지 제가 이곳에 있는 것이 탈출에 도움이 된다고 생각했습니까?"

어두컴컴한 조명 속에서도 혜리의 볼이 빨갛게 물드는 것이 보였다.

"어……, 아니요."

"그럴 것 같았습니다. 아까 이 레스토랑으로 돌아왔을 때, 버릇처럼 예주에게 비난을 가하다가 눈을 마주친 저에게도 뾰족한 시선을 보내셨던 걸로 기억하는데, 솔직히, 그때 누가 규칙을 어겼는지 확신이 없지 않았습니까?"

"……."

혜리는 더 대답하지 않았다. 나는 말을 이었다.

"아무튼 제가 말했던 것과 같은 명제, 즉 우리에 대한 명제들을 놓고 O인지 X인지를 선택하는 게임이 마지막 관문이었습니다. 거짓을 택하면 규칙을 어기는 게 되어 버리는……, 라이어 게임이라고 하나, 뭐 그런 종류의 게임이었습니다. 우리는 그 게임에 패배해서 여기 있는 거고."

네 명의 얼굴에 심란함이 떠올랐다. 잃어버린 기억을 찾으려고 노력하거나, 내 말을 믿지 않으려 하고 있겠지. 그렇지만, 내가 유일하게 거짓 선택을 하지 않은 참가자인걸.

처음 방으로 되돌아온 지금, 누구의 실수로 되돌아왔는지 기억을 제대로 해낼 수 있는 사람은 없어 보였다. 나는 쐐기를 박았다.

"다시 말해 드려도 되겠습니까? 지금 여기 있는 네 분 다 왜 이 방으로 돌아왔는지 모르고, 그 기억이 없다는 건―. 모두 어느 방의 규칙을 어겼다는 겁니다. 이해하시겠습니까?"

잠시 테이블 주변이 조용해졌다. 석희가 더듬더듬 말했다.

"마지막 방……에서 거미가 줬다는…… 명제들이 뭐였는데요……?"

"전 다 기억합니다. 사실 정답도 알 거 같습니다. 왜냐면 여러분이 선택한 답변의 반대만 고르면 되니까."

이 대목에서 네 명 모두 침울한 표정이 되었다. 나는 계속 말을 이었다.

"그런데, 여기 있는 모두에게 명제들이 공개되어도 괜찮겠습니까? 저는 여러분이 그 방에서 거짓을 선택할 수밖에 없는 이유가 있다고 생각했습니다."

네 명의 눈동자에 망설임이 스쳐 지나갔다. 혜리가 입술을 씹더니 말을 뱉었다.

"제 명제는 공개해도 돼요. 전 떳떳하니까."

혜리를 바라보자, 혜리는 내 눈을 똑바로 마주 보았다. 내가 말했다.

"혜리 씨의 명제는 '나는 예주가 이곳의 규칙을 어길 수밖에 없는 이유를 알고 있다'였습니다."

"그게 뭔데……?"

"예주가 규칙을 어긴 건 실수 아니야? 뭐 다른 이유가 있어?"

석희랑 인하가 어리둥절한 표정으로 혜리를 향해 물었다. 혜리와 예주의 얼굴이 굳었다.

"여기서 혜리 씨는 O/X 중 어떤 선택을 했냐면."

예주가 아닌 혜리가 내 말을 막았다.

"말하지 마세요. 그 방의 명제에 대해서는…… 지금은 더 말하지 않는 게 낫겠어요."

그런 반응은 정답을 더 확실하게 한다. 석희와 인하의 표정이 모르겠다는 듯 알쏭달쏭해졌다.

그 순간, 한쪽 눈썹을 긁적이고 있던 예주가 입을 열었다.

"생각해 주는 척하지 마. 그냥 대답하면 되잖아. 사실 나 여기 방 탈출 카페 같은 거 아닌 거 알아. 나도 기억에 남아 있는 게 있으니까. 근데 규칙을 제대로 못 읽으니까 도움이 못 돼서 그냥 아무것도 모르는 척한 거야."

혜리가 고개를 아래로 떨어트렸다.

"나, 난독증이야. 그러니까 혜리 너, 그 마지막 방인지 뭔지에 도착하면 속이지 말고 게임해. 나도 너랑 계속 붙어 있기 싫으니까."

*

인하가 오른손을 들자 점액질 괴물이 다시 다가왔다. 우리는 바닥과 잘 구분되지 않는 매직 아이 같은 테이블 위에서 메뉴판을 보며 메뉴를 골랐다.

혜리가 가장 먼저 입을 열려고 한 순간, 펼쳐져 있는 메뉴판을 살펴보던 인하가 혜리의 시선이 꽂힌 메뉴를 손바닥으로 가리며 황급히 말했다.

"스파게티류로 시키지 마."

"왜?"

"석희가 너 때문에 얼마나 고생을……. 여기 선생님도 너 때문에 네가 시킨 음식 드시고 힘드셨다고."

혜리가 볼을 부풀렸다.

"하지만 배고픈걸. 내가 음식을 남기기라도 한 거야? 아닌데. 나 다 먹은 기억밖에 없는데? 이 방에서 나 규칙 어긴 적 없어."

인하는 답답한 표정으로 메뉴판을 넘겼다. 또 혜리가 그 파네 어쩌고를 시킬까 봐 나는 다급하게 말을 덧붙였다.

"시간이 지체되니 빨리 먹을 수 있는 걸로 하죠. 샌드위치 어때요?"

그렇게 말했는데도 혜리는 결국 주문했다.

"저는 파네스파게티요."

클럽샌드위치 네 개에 파네스파게티 하나, 오늘의 스페셜 셰이크 다섯 잔 가져다드리겠습니다.

종업원이 점액질 소리를 내며 사라지자 인하가 한숨을 내쉬었다. 나도 비슷한 심정이었다. 이번엔 절대 안 바꿔 줘.

"아니……, 배가 고파서 시킨 건데 왜 한숨이야."

"너 진짜 예주 닮아 간다."

“내가? 성예주를?”

“What?”

인하의 말에 혜리와 예주 둘 다 짜증스러운 표정으로 인하를 노려보았다. 항상 중재하는 역할이었던 인하가 싸움에 참전할 것 같자 석희가 다급하게 말했다.

“인하야, 그만해……. 얘도 사정이 있어…….”

“무슨 사정?”

예주가 궁금하다는 듯 물었다. 나는 별 의미 없는 말처럼 툭 던져 보았다.

“뭐, 혜리 씨, 음식 먹다가 독살이라도 당할 뻔했어요?”

석희가 큰 눈을 더 동그랗게 뜨고 나를 바라보았다. 혜리는 마치 바퀴벌레라도 본 것 같은 표정을 짓고 있었다.

“뭐 미친 소리야? 갑자기 독살이라구요? 내가?”

“오빠한테 독살당할 뻔한 적 없습니까?”

뻔뻔하게 다시 한번 추궁했다. 이런 류의 이야기는 확실하게 짚고 넘어가는 편이 낫다.

“우리 오빠가요? 무슨 소리야. 예전에 오빠가 지렁인지 애벌렌지를 내 스파게티에 넣은 적은 있는데, 독살당할 뻔한 적은 없는데요?”

혜리가 황당하다는 듯이 다시 목소리를 높였다.

그때, 석희가 중얼거렸다.

“혜리 너, 나한텐…… 그렇게 말했잖아…….”

“……내가?”

“그래…….”

모두의 이목이 혜리와 석희에게 쏠렸다.

“뭔 소리야. 내가 언제 그랬어. 양석희, 힘들어서 존 거야? 꿈꿨어?”

“……너 초등학교 4학년 때…… 기억 안 나? 그때…… 너희 오빠가 독 있는 벌레를 음식에 넣어서…… 혜리 너 죽이려고 했다고…… 그랬잖아. 너희 부모님도 그거…… 별것도 아닌 걸로 호들갑 떤다고 그러고……. 너희 오빠가 네가 입양아라 너 괴롭힌다고 그랬다고……! 그 말 듣고 나도 너랑 같이 울었잖아……. 기억 안 나……?”

혜리의 입이 딱 벌어졌다. 곧 기억에 있는 것이 분명한 웃음소리가 공간을 가득 메웠다.

“으하하, 맞아, 그랬던 거 같다. 근데 석희야, 우리 이제 곧 대학생인데 어린아이 때 아무 말이나 한 걸 사실로 믿고 있으면 어떻게 해!”

“아무 말이라고……? 그럼 거짓말이었어……? 난 너희 집에도 사연이 있을 거라고 생각했어……!”

그 말에 예주도 웃기 시작했다. 내 입가에도 슬쩍 미소가 지어졌다. 심각한 건 줄 알았네.

"나도 기억났다. 석희 너한테도 그랬어? 자기 입양아라고? 나한테도 한때 그러고 다녔는데. 입양아는 무슨. 재 그 일 때문에 오빠랑 엄청 싸웠잖아. 제대로 보지도 않고 놀라 가지고 아빠한테 엄청 혼났다고. 혜리네 오빠가 넣은 거 지렁이젤리였거든. 애니메이션 보고 있던 나한테 오빠가 억울해서 삼십 분 동안 혜리 욕했던 기억이 아직도 생생하네."

혜리의 눈이 동그랗게 뜨였다.

"그게 지렁이젤리였어? 난 독충인 줄."

"몰랐냐? Idiot."

그때 종업원이 카트에 음식을 담아 왔다. 석희의 입술이 삐죽 나온 걸로 봐서 화가 난 듯했다. 음식과 음료까지 다 테이블에 올라오자, 석희가 작은 목소리로 말했다.

"너 원하는 대로 스파게티 먹어……. 나 안 바꿔 줘. 먹고 체험해……. 난 그런 줄도 모르고 여태……."

"저도 마찬가집니다."

그러자 혜리는 석희와 내 반응이 황당하다는 듯이 어깨를 으쓱였다.

"누가 준대? 제가 다 먹을 거예요."

식사가 시작되면 입을 열 수 없다. 샌드위치를 베어 물면서 혜리를 지켜봤다. 혜리가 흠칫 떠는 것이 보였다. 그러나 씹어 삼키고, 또 씹어 삼켰다.

혜리의 포크에 스파게티라고 볼 수 없는 무언가가 찍혀 있는 것이 보였다.

지렁이젤리였다.

모두 다 드셨습니까? 출구로 안내해 드리겠습니다.

점액질 괴물이 친절하게 우리를 응대했다. 나가는 길에 흰색 내창을 흘끔거렸다. 그것들도 모두 지렁이젤리로 변해 있었다.

*

구역질 나는 셰이크를 두 번이나 먹다니. 그래도 처음보다는 나았다. 도서관으로 들어가는 통로에서 석희가 다가와 나를 멈춰 세우더니 낮은 목소리로 속삭였다.

"죄송합니다. 혜리의 스파게티, 제가 쭉 먹어 왔는데……, 진짜 너무 역겨운 기억이라…… 한 번쯤은 피하고 싶었어요……. 정말 죄송합니다……."

"됐습니다. 이제부터는 안 먹어도 되니 다행입니다."

"……그러게요. 비밀을 지켜 주려고 했는데…… 그게 사실이 아니었다니 허무하긴 하네요……."

석희가 풀죽은 듯한 표정을 했다.

"혜리 씨랑 제일 친하죠?"

"어, 지금은요……. 근데 모르겠어요, 어떻게 될지……. 아, 이일 때문은 아니구요……."

"이제 학교가 갈라지니까 그렇습니까?"

"아마 다른 애들은 몰라도 저희는…… 같은 대학교 다닐 거 같긴 한데요……."

그럼 왜?

이것저것 더 물어보려 했지만, 앞서 가던 혜리가 도서관으로 통하는 문을 열어 버려 우리는 둘 다 입을 다물었다. 도서관에서는 정숙이니까.

*

혜리와 석희, 인하는 아까와 같이 19-6번 서가에 서서 기계처럼 책을 나르기 시작했다. 나는 내 옆에 멀뚱히 선 예주의 귓가에 대고 귓속말을 해 보았다.

"이따가 그 아이 오면, 네가 손잡아 줄래?"

"아이? 아……, 그 머리 없는?"

"응, 점자책 구역은 내가 같이 가면서 알려 줄게."

예주에게 뭔가 일을 주고 싶었다. 또 석희를 때리거나 하면 안 될 일이니까. 예주가 고개를 끄덕였다.

시간이 조금 지나자 이전에 본 아이가 손을 뻗어 허공을 젓고 있는 것이 보였다. 예주가 아이의 손을 잡아 주었다. 차가울 텐데, 예주는 그저 싱긋 웃었다.

우리는 점자책 서가로 걸어갔다. 도착했을 때 예주가 귀도 없는 아이의 목에 대고 작게 속삭이는 목소리가 들렸다.

"너도 동화 좋아하니? 사실 나도 좋아하는데. 글자도 크고, 몇 문장 없고. 야, 이 책 되게 좋다. 까맣고 답답한 글자 모양은 한 개도 없네. 온통 자유로운 흰색이야! 이걸로 볼래?"

나는 그때 귀가 없는, 그러니까, 귀도 코도 눈도 입도 없는 아이가 목 부근을 끄덕이는 것을 보았다. 알아듣는구나. 어떻게 알아듣지?

아이가 동화책을 양손으로 받아 들자, 예주는 아이의 등을 한 번 쓰다듬어 주었다. 차갑지도 않나. 아까와는 달리 무서워하지도 않고.

예주가 다시 속삭였다.

"머리통이 멀쩡한 나는 스스로 책 읽을 생각도 안 했는데. 넌 정말 기특하구나."

말투가 퍽 다정했다. 의외로 예주는 괴물과 궁합이 맞을지도 모르겠다. 하긴, 첫 번째 방의 종업원 괴물도 입이 평균보다 좀 큰 거 아니냐고 그랬던 게 예주다. 차별도 편견도 없는 친구다.

책을 받아 든 아이는 신나서 저편으로 뛰어가더니 곧 안개처럼 사라졌다. 우리는 다시 19-6번 서가로 되돌아왔다. 몇 권 안 되는

책이 모두 정리되어 있었다. 곧 15척 사서가 와서 야구공 같은 눈
으로 우리를 바라보다가 눈매를 가늘게 접었다.

우리는 회색 문을 열고, 잿빛 눈동자 도서관을 나왔다.

좁은 복도를 끝까지 걸어가자 흰색 문이 나왔다. 이 방까지는
다들 기억이 살아 있어서 그런가, 빨리빨리 진행되었다. 흰색 문
앞에 한 번 읽었던 규칙이 쓰여 있었다.

"스킵 하죠."

인하가 말했다. 그러자 예주가 우리를 불러세웠다.

"얘들아, 나 난독증이다."

"……그래서?"

혜리가 대꾸했다.

"영어는 한글보다 좀 나은데, 그건 지금 미국에서 치료 중이라
그래. 근데 한글은 아직도 읽고 쓰기 너무 어렵다. 그러니까……."

예주가 손가락으로 규칙을 척 가리켰다.

"너희가 읽고 나 알려 줘."

"그래."

인하가 피식 웃더니 먼저 나서서 예주를 위해 규칙을 읽어 주
었다.

인하가 규칙을 거의 다 읽었을 무렵, 두 사람의 등 뒤에서 석희
가 고개를 갸웃하며 말했다.

“근데…… 메시지는 어떻게 썼어……? 예주, 우리랑 메일 주고받았는데…….”

“뭐? 메시지를 썼어? 나는!”

혜리가 입술을 비죽이며 예주를 흘겨보았다. 인하로부터 규칙을 다 들은 예주가 퉁명스럽게 대꾸했다.

“너는 답장 안 했잖아?”

“내가? 답장을 안 했다고?”

“내가 네 생일 때 메일 보냈잖아. 기억도 안 나냐?”

혜리가 미간을 찌푸리더니 곧 손뼉을 짝, 하고 쳤다.

“아……, 맞다, 그게 너였어? 근데 난 네가 쓴 거라고 생각 못 했지. 누군가가 네 이름이랑 똑같은 이름으로 스팸 메시지를 보냈다고 생각했는데. 너 난독증이잖아? 어떻게 길게 메일을 써?”

“오혜리, 너 21세기 말고 과거에서 오셨어요? 요새 휴대폰으로 말하면 다 써 주잖아. 글도 다 읽어 주고. 게다가, 메시지 한두 줄 정도 읽고 쓰는 건 그렇게까지 어렵지 않거든.”

“아…….”

“아무튼, 너 내심 나 별로 안 좋아하는 거 알아. 그러니까 답장도 안 한 거지, 뭐. 전화도 SNS로도 여태 아무 연락도 안 했잖아. 오늘에야 처음으로—.”

혜리가 황급히 말을 잘랐다.

“아니야, 공부하느라 바빠서 그랬지. 내가 너를 왜 싫어해…….”

그런 혜리의 반응에도 심드렁한 표정을 지은 예주가 나를 향해 돌아섰다.

"아까 마지막 방……. 우리 넷 다 거짓을 택해서 규칙을 어겼다고 그랬지? 석희랑 인하, 너희도 걍 사실대로 O/X인지 뭔지 택해. 언제까지 그 레스토랑에서 구역질 나는 음식을 계속 먹을 건데? 규칙 못 읽는 것 때문에 자존심 상해서 아예 기억을 잃은 척했지만, 이렇게 도와주러 온 사람도 갇히게 할 맘은 없어. 또다시 그 방에서 다 기억 잃고도 혜리가 내 탓 한 것처럼 또 '나만' 규칙 어겼다고 퉁 치고 넘어갈 거야?"

그러자 혜리의 얼굴이 새빨개졌다.

"그……그러면 너는! 너는 거짓말 안 했어? 예주의 명제는 뭔데요?"

"혜리 씨가 물어보는데, 말해도 될까?"

혜리로부터 질문을 받은 나는 예주에게 물었다.

"해. 언제까지 여기 갇혀 있을 수도 없고, 난 거짓말할 게 없단 말이야."

"예주, 너의 명제는 이거였어. '인하가 운동을 그만둔 정확한 이유를—'."

"그만. 됐어, 하지 마."

잠시 정적이 흘렀다. 인하가 예주의 어깨를 툭 쳤다. 나는 잠깐 사이 두 사람의 눈빛에서 우리는 알 수 없는 메시지가 오고 간 것을 느꼈다.

"으음……, 이렇게 된 거 마지막 방에 대한 얘기를 조금 더 하겠습니다. 제 생각에는 마지막 방에서 O/X를 가리기 위해 추린 명제는 우리의 관계에서 나올 수 있는 가장 껄끄러운 내용이 아닐까 합니다. 제 명제는 정확히 이거였습니다."

나는 인하를 바라보았다.

"혜리는 이곳에서 내가 별로 도움이 되지 않는다고 말했으며, 이 말을 내게 전달해 준 것은 인하다.'"

"그 말을 인하가 전달했었다고요?"

혜리가 인하 쪽을 보았다. 내가 대신 대답했다.

"두 분 다 기억은 못 하겠지만, 정답은 O였습니다."

혜리가 미간을 찌푸렸다.

"어이없네. 내가 말한 걸 저 사람한테 쪼르르 가서 전했다고?"

"난 기억 안 나."

인하가 당황한 표정으로 고개를 저었다. 나는 그런 혜리와 인하 사이에 끼어들었다.

"둘이 싸우라는 건 아닙니다. 그냥 예시를 든 겁니다. 아무튼, 세 번째 방도 이렇게 첫 번째, 두 번째 방처럼 무사히 통과한다면 곧 마지막 방이니까 준비를 해 두어야 한다고 생각하거든요."

예주가 내 어깨에 손을 올리며 씨익 웃었다. 규칙을 처음으로 숙지해서 그런가, 자신만만한 표정이었다.

"아, 마지막 방 준비는 그 방 앞에서 하고."

그러고는 탈색모를 휘날리며 세 번째 방의 문을 열어 버렸다.

우리에게 작용하는 힘

시야가 온통 먹으로 물든 것 같은 새카만 공간에서, 혜리와 예주 다음으로 선 나는 예주의 옷깃을 잡고 걷는 중이었다. 이곳에 귀와 손가락들이 빼곡히 들어차 있다고 생각하지 않으려고 해도, 자꾸 뇌가 영상을 반복해 띄워 올렸다.

"여기서 왼쪽 한 걸음, 앞으로 두 걸음, 오른쪽 반걸음쯤에 야광 별 하나 있다."

"나도 확인."

"야, 옷 흔들지 마. 넘어질 뻔했잖아."

"내가 흔들었어? 네가 움직이니까 잡고 있는 손이 흔들린 거지."

"손, 손 하지 마! 말이 씨가 된다고."

"바닥에 있는 야광 별 스티커나 잘 봐."

116

“보고 있거든?”

앞에서 혜리가 예주에게 뭐라고 하는 소리가 들렸다. 붙어 있기 싫다면서 도란도란 다정하게 싸우는 둘 뒤로 석희와 인하의 목소리가 작게 들려왔다.

“석희야, 나랑 같이 있잖아.”

“응…….”

“괜찮지? 안 무섭지?”

“응……, 아니.”

“옛날 생각 하지 마.”

“그러면…… 더 생각나는데…….”

“그럼 생각해. 근데 우리 그때 좀 웃기지 않았어?”

“아닌데, 너 나 싫어했는데…….”

“자꾸 시끄럽게 하니까 그랬지. 그때 너 우는 소리 들리면 이렇게 말했는데. ‘시끄러워 죽겠네. 그만 좀 울어!’ 하하. 그러면 네가 울던 와중에도 화나서 벽 통통 치고 그랬잖아.”

두 사람이 길게 대화하는 건 거의 처음인 것 같았다. 어색한 사이인 줄 알았는데. 혜리가 둘이 사귄다고 붙여 놓는 것도 이유가 있긴 하구나.

“…….”

“그럼 내가 또 통통통 치고. 네가 통통통통 치고. 계속 그러면 밑층에서 ‘야! 시끄러워!’ 소리 들리고.”

"그런 건 좀 까먹어라……."

"그 아저씨한테 좀 미안하네. 암튼, 그때 너 무서워하기만 한 거 아니었어. 나한테 화도 냈다고."

"……."

"차라리 화를 내. 겁먹지 말고."

무언가 쉬익, 하고 내 뺨을 스치고 날아가는 소리가 들렸다. 뒤에서 나를 잡고 있던 석희의 목소리가 떨리는 것이 느껴졌다.

"안 돼……. 또……."

석희의 목소리가 멎음과 동시에 내 옷깃을 당기던 느낌이 사라졌다. 순간 혜리가 날카롭게 말했다.

"뒤돌아보면 안 돼!"

자칫 돌아볼 뻔한 나는 등 뒤의 감각에 집중했다. 석희의 팔 대신 꽁꽁 얼어붙은 얼음 주변에 있는 것처럼 냉기만 남아 있었다. 귓가로 석희의 헐떡이는 숨소리가 들려왔다. 주머니에서 포스트 잇을 꺼냈다. 또 잡힌 것이다. 또 석희만.

"정인하! 뒤돌아보면 안 돼! 양석희, 괜찮아?"

"나 맨 끝에 있어."

인하가 침착하게 말했다.

"석희가 잡혔나 봐."

"석희야! 탈출해야 해! 무슨 수를 써 봐!"

석희의 숨소리가 좀 더 거칠어졌다.

"그깟 녀석 아무것도 아니야!"

예주도 소리를 질렀다.

주먹 쥔 두 손을 뻗어 뒤를 더듬었다. 차가운 것이 느껴졌다. 곧 그 끔찍한 마디마디가 내 팔과 팔목을 감싸며 달라붙어 왔다. 그것들이 모두 연결되어 있기를 바라면서 부적을 쥐고 있던 손가락을 폈다. 포스트잇이 무언가에 달라붙는 느낌이 나면서 내 팔에 달라붙은 놈들이 더 이상 움직이지 못하고 굳은 게 느껴졌다.

부적을 붙였는데. 이제 물리적인 힘만 가하면 부서지는데.

안 돼. 왜 하필 저 녀석 앞에 서 가지고…….

만화경을 써 봤자 뒤를 돌아볼 수 없는 이상 석희에게 어떤 도움도 되지 않는다. 뒤로 뻗은 오른손을 휘둘러 보려고 했지만, 강철 같은 것에 감싸인 것처럼 움직일 수조차 없었다. 그것들에게 붙들린 반대쪽 손도 마찬가지였다. 이 하얀 손가락들에게 붙잡힌 부위는 움직일 수 없는 모양이다. 허리를 뒤틀어 보았지만 고개가 뒤로 돌아갈 것 같아 많이 움직일 수도 없었다.

제기랄, 괴이에게 잡혔으니 나까지 아무 말도 할 수 없다. 잡힌 사람 혼자의 힘으로는 빠져나올 수 없는 것이 분명했다. 아까 예주가 했던 것처럼, 주변의 타인이 주먹이라도 뻗어 이 괴물 녀석에게 우연히 맞히지 않는 이상은.

나는 석희의 뒤에 서 있던 것이 인하임을 기억해 냈다. 운동을 했다고 했는데, 팔이라도 휘둘러 주었으면.

그러나 아까처럼 투둑, 하며 무언가가 떨어지는 소리는 들리지
않았다. 예주가 운이 좋았을 수도 있다. 인하도 도우려다가 나처
럼 붙잡혔을지도 모른다. 아무도 말이 없었다. 다시 첫 방으로 되
돌아가도 할 수 없다는 생각이 들었다. 물론 또 그 비린내 나는 셰
이크를 마실 생각을 하니 아찔했다.

"시끄러워! 그만 좀 울어!"

인하가 갑자기 고함을 질렀다. 항상 침착하던 인하가 화를 내
자 내 앞 두 사람도 놀란 듯 숨을 멈췄다.

"언제까지 질질 짤래? 시끄럽다고! 너 이렇게 우는 건 안 부끄
러워? 나랑 같이 하교하는 것도 못—."

쩍 하고 균열이 가는 소리가 들렸다.

툭. 투둑.

아주 가벼운 것이 바닥에 뚝뚝 떨어지는 소리가 짧게 이어졌
다. 곧 쩡 하고 엄청 큰 소리가 났다. 무언가가 갈라지는. 석희가
숨을 몰아쉬는 게 들렸다.

"하아……, 하아……."

퍽.

무언가가 우수수 떨어지는 소리와 함께 석희가 한숨을 내쉬는
소리가 들렸다. 뒤쪽으로 뻗고 있던 팔이 자유로워진 것 같아 힘
껏 휘둘렀다. 손이 어딘가에 부딪혔는지 찰진 철썩 소리가 났고,
무언가가 손끝에 끌려 왔다.

“아야!”

석희의 목소리가 들렸다. 손끝에 걸린 물건을 더듬어 보니 사각으로 각진 안경이었다. 석희 것이겠구나. 잘못해서 석희의 뺨이라도 친 모양이다.

석희의 애교스러운 비명 소리가 웃겨서 폭소를 터트렸다. 웃음은 전염된다. 혜리도 예주도, 인하까지 각자의 목소리로 웃었다. 석희가 내 옷자락을 잡으며 끅끅댔다.

우리는 다시 한 줄로 대형을 만들어 걸어갔다. 멀리 하얀색 문이 보였다.

*

또다시 방과 방 사이를 잇는 통로로 나왔다. 희미한 파란 불빛은 아까 그 칠흑 같은 어둠에서 빠져 나와서 그런가, 이제 완벽하게 따듯한 빛으로 느껴졌다.

“아이, 아깝다. 내가 네 뒤에 있었으면 이번에도 팍팍 때려 줬을 텐데. 그 하얀 지렁이 괴물 놈들.”

예주가 인하 옆으로 끼어들더니 농담을 던지듯이 말했다. 인하가 피식 웃으며 대꾸했다.

“잘난 척하긴.”

“이번엔 인하 네가 나 대신 그놈들 깨부수어 줬냐?”

“아니, 내가 때리긴 뭘 때려. 안 보여서 아무것도 못 했는데.”

“너 아까 석희 한심해서 소리 질렀잖아. 부끄럽지도 않냐고. 그때 너 폭발한 줄 알았는데?”

“그런 거 아니야……, 인하는.”

석희의 목소리가 예주의 말을 잘랐다. 예주가 어깨를 으쓱했다. 석희는 잠깐 눈을 끔뻑이다가 말을 이었다.

“내가 했어…….”

“석희 네가? 스스로?”

나는 석희 쪽으로 고개를 돌리며 안경을 건네주었다.

“움직일 수 있었습니까? 손가락들이 그렇게 힘껏 잡고 있었는데도?”

“무릎 아래는 움직일 수 있길래, 점프해서 일부러 넘어졌어요……. 최대한 힘껏 뛰어서…… 옆으로.”

그랬구나. 그래서 내가 손을 휘둘렀을 때 넘어져서 앉아 있던 석희의 얼굴이 닿은 건가?

“규칙에…… 손가락에서 빠져나오려면…… 주변에 있는 뭐든 이용하면 된다고……. 근데 아무것도 없잖아요……. 중력이라도 이용해 보자고 생각했어요…….”

“오, 역시 스마트해.”

예주가 엄지를 치켜올렸다.

내부에서 힘을 가할 수 없으면 외부의 힘을 이용해야 하는데,

그 힘이 항상 타인의 도움밖에 없을 거라고 생각하는 것도 흔한 고정 관념이다. 우리에게 작용하는 숨겨진 힘들은 중력 말고도 많다. 꼭 인간의 것이 아니어도. 괴이를 공부한다면서 그런 것도 잊고 있었다. 나도 아직 갈 길이 멀군.

석희를 바라보았다. 석희만 자꾸 공격하길래 '하얀 손 호텔'의 괴물들은 가장 약한 고리를 공격한다고 생각했는데, 별로 약하지도 않잖아?

"여기 규칙은 있는데 문이 안 보여."

가장 앞서 걷던 혜리가 말했다. 내가 대답했다.

"문은 제가 열어 드리겠습니다. 규칙을 읽어 보시면 제 말이 맞다는 걸 확인하실 수 있을 겁니다."

예주와 석희, 인하도 규칙이 적힌 쪽으로 다가갔다. 인하가 예주를 위해 규칙을 크게 읽어 주기 시작했다. 나는 규칙을 읽고 있는 혜리 옆으로 가서 불쑥 말했다.

"규칙을 암기하실 시간이 필요하면 충분히 드리겠습니다."

"예?"

"저는 누구랑 달라서."

혜리는 고개를 갸웃하며 나를 이상한 눈빛으로 쳐다보았다. 나는 씩 웃어 보였다.

기억도 제대로 못 하는 사람에게 복수하면 좋니?

머릿속 어딘가에서 사뫼의 목소리가 들리는 것 같았다.

"거짓을 택하지만 않으면 무조건 빠져나갈 수 있는 방이네요."

규칙을 다 읽은 혜리가 그렇게 정리했다. 아까와 똑같이. 나는 혜리의 말을 받았다.

"예, 이 방은 솔직하기만 하면 나갈 수 있는 방입니다. 그런데 여러분 모두가 지난번에는 솔직하지 않아서, 걱정이 됩니다."

"……."

"……."

다들 꿀 먹은 벙어리가 되어 있었다. 나는 숨을 한 번 크게 내쉬었다.

"이번에는 나갑시다."

혜리가 크게 고개를 끄덕이며 대답했다.

"그래, 우리 이 방에서만이라도 거짓말하지 말자."

예주, 석희 그리고 긴장한 표정의 인하까지 고개를 끄덕였다.

나는 검은색 문을 열었다. 두꺼운 문이 끼이익 소리를 냈고, 곧 익숙하지만 살벌한 장면이 눈에 들어왔다. 예주가 중얼거렸다.

"……이번엔 진짜로 심장 마비 오는 줄."

심판 거미가 여러 개의 겹눈으로 우리를 물끄러미 바라보았다. 모두가 소름이 돋았다는 표정을 하고 있었다. 어쩌지, 이 방은 저 거대한 거미가 끝이 아닌데.

*

첫 번째 게임을 할 사람은 키가 큰 남자이다.

심판 거미가 맨 처음 코트로 부른 것은 나였다. 끼기긱거리는 철판 긁는 소리가 끝난 후 자리에서 일어섰다. 반쯤 예상한 순번이었다. 아까도 처음은 나였으니까.

"이제부터 놀라면 안 됩니다."

혜리 일행에게 그렇게 말했지만, 사실 나에게 하는 말이기도 했다. 두 번 겪고 싶지 않았는데.

심판 앞 코트 근처에 서자 어디선가 닥닥, 삭삭거리는 끔찍한 합창이 들려왔다. 수백만, 수천만, 아니, 수억 마리일지도 모르지. 아무튼 하얀 손 호텔의 손가락들로도 다 셀 수 없는 수많은 거미가 다시 내 몸을 기어 올라오는 것이 느껴졌다. 양봉업자가 온몸 빼곡히 벌을 붙이고 있는 걸 본 적이 있는데, 지금 나도 그런 모양일까. 완전 1 거미 1 소름 할당제다.

목구멍으로 올라오는 욕지기를 삼키며 거미가 얼굴에 올라오기 전에 양손으로 재빨리 귀를 가렸다. 입술과 눈꺼풀에는 힘을 주었다. 콧구멍을 못 막는 게 아쉬웠다. 괜찮아. 시간이 지나면 다 사라진다. 아까 봤잖아.

거미들은 사삭대며 내 몸에서 혜리와 예주, 석희, 인하와의 껄끄러운 정보를 검색하고 곧 빠져나갔다.

체육관 마룻바닥에 거대한 검은 파도가 일렁이다가 사라졌다. 하얀색 글자만 포말처럼 남아 있었는데, 그 글자들을 보고 나는 눈을 질끈 감았다.

나는 인하의 나이를 안 이후 누나라고 부를 뻔한 적이 있다.

거미는 한참 전에 다 물러갔는데 아직도 양손을 귀에서 내리기가 좀 그랬다. 귀가 너무 뜨끈뜨끈했다. 분명 빨갛게 달아올랐을 것이다. 어쨌든 움직여야 했기 때문에 손을 내리고 아무렇지 않은 척 O가 적힌 코트에 가서 섰다.

"뭐냐? 너 우리보다 어림?"

당황해하는 예주의 목소리가 들려왔다. 누군가가 허, 하는 소리를 냈는데, 목소리 톤으로 봐서 계속 날 선생님으로 불러 왔던 인하인 것 같았다. 석희가 숨을 죽여 키들키들 낮게 웃는 소리도 들렸다.

"어, 나도 누나네?"

혜리가 말했다.

글자가 사라졌고, 나는 다시 뻔뻔한 얼굴로 자리로 돌아왔다. 모두의 시선이 내 얼굴에 붙어 있었다. 인하의 극대노한 표정을 보자마자 휙 고개를 돌려 자리에 착석했다.

"불탄다, 불타."

얼굴도 새빨간가 보다.

두 번째 게임을 할 사람은 키가 가장 작은 여자이다.

혜리가 예주를 빤히 보더니 "난가?" 하고 일어섰다. 코트 근처로 걸어가는 혜리를 보며 예주가 퉁을 주었다.

"장난하나. 당연히 너지."

나는 게임이 속행되어서, 이곳의 누나들과 형이 내 명제를 잊어 주기를 바랐다.

곧 거미가 쏟아지듯이 마룻바닥을 뒤덮더니 차곡차곡 혜리 주변으로 모여들었다. 그때야 생각이 났다. 예주와 석희와 인하는 아까 게임이 첫 기억이었지만 혜리는 아니어서 다소 침착한 편이었는데도 엄청 못 참는 거 같았는데. 이제 혜리에게도 처음 겪는 일이 되었다.

나와 비슷한 생각을 했는지 석희가 중얼거렸다.

"벌레…… 싫어할 텐데……."

곧 혜리의 고함이 온 체육관에 쩌렁쩌렁 울려 퍼졌다.

다신 관상 보지 말아야겠다. 혜리가 소심하고 조용한 성격일 리가 없다.

"아아아아악!!! 저리 안 가? 살려 주세요!!!! 으아아아아!!!! 미친, 느낌 개이상해!!! 아아아아아아아아아악!!!!!"

"그렇게 소리 지르면 거미가 입에 들어갑니다."

내가 그렇게 말하자마자 비명이 뚝 끊겼다. 혜리의 주먹이 부들부들 떨리는 것이 앉은 자리에서도 잘 보였다.

혜리를 동족의 산에 파묻은 거미 떼는 다시 기운차게 움직여 바닥으로 나아가며 은색 실로 글자를 만들었다.

나는 예주가 이곳의 규칙을 어길 수밖에 없는 이유를 알고 있다.

내 명제가 바뀐 것과 달리 혜리의 명제는 그대로였다. 지난번에 혜리가 말했었다. 자신의 명제는 계속 바뀌었는데, 나머지 애들의 명제는 거의 바뀌지 않았다고. 그러면 기억이 없는 사람의 명제는 그전과 동일한 게 아닐까? 이 가설이 맞다면, 이후 게임은 수월해진다. 내가 정답을 모두 알고 있으니까.

혜리는 O에 가서 섰다. 바닥에 있던 거미줄 글자들이 사라졌다. 심판 거미가 이를 부딪히며 다음 참가자를 선정했다.

세 번째 게임을 할 사람은 키가 중간인 여자이다.

예주가 탈색모를 긁적이며 일어섰다. 예주의 명제에 대해서는 이 방에 들어오기 전에 이미 내가 언질을 한 적이 있다. 그러니 예주는 아마도 예상하고 있을 것이다.

예주가 심판 옆에 서자 다시 소름 끼치는 소리가 들려왔다. 예주는 이를 딱딱대며 서 있다가 거미들이 몸 위로 올라오자 부르르 몸을 떨었다.

홍수 같은 거미 떼가 물러가고, 체육관 바닥에 글자가 남았다. 역시 아까와 똑같은 명제였다.

인하가 운동을 그만둔 정확한 이유를 알고 있는 타인은 나뿐이다.

저런 걸 안다는 대답이 친구 관계에 큰 영향을 주는 것인지 아직도 이해가 잘 가지 않았다. 혜리가 예주에게 큰 목소리로 명제를 읽어 주는 소리를 들으며 석희를 흘끔 쳐다보았다. 석희는 아까와 거의 똑같은 말을 내뱉으며 인하 쪽을 보았다.

"적성에 안 맞다고…… 그랬잖아……?"

인하는 석희의 질문에 대답하지 않고 나를 보았다.

"예주가 이전엔 어떻게 대답하던가요?"

"거짓을 택했으니 우리가 여기 다시 돌아오지 않았겠습니까."

내 말에 인하가 예주에게 시선을 옮겼다. 예주는 나나 혜리와 달리 바로 선택하지 않고 망설였다. 또 X로 가면 큰일인데.

"저기, 예주 누나, 정말 밝히기 싫은 거야? 저 명제가 사실로 밝혀지더라도 그 '이유'에 대해 꼭 말해야 하는 건 아니잖아. 정답을 택하지 않으면 결국 계속 이 방으로 돌아오게 된다고. 혹시 제삼자인 내가 아는 게 문제인 거야?"

내가 큰 소리로 외치자 예주의 등이 움찔했다. 석희는 예주와 인하를 번갈아 바라보았다. 혼란스러운 눈빛이었다. 인하가 예주

대신 내 말에 대답했다.

"그럴 리가 없잖아요. 앞으로 다시 보지도 않을 사람인데. 예주야, 괜찮아. 이분 말대로 애들은 나한테 더 물어보지 않을 거야. 사실을 택해."

혜리와 석희의 입을 단속하는 것 같은 말이었다.

예주는 천천히 걸어 O 쪽에 섰다. 곧 거미줄이 말끔히 지워졌다. 예주가 자리로 돌아오자 석희가 예주가 아닌 인하에게 추궁하듯이 물었다.

"너…… 배드민턴 그만둔 거, 적성이 아니라고 했잖아……. 다른 이유가 있었던 거야……? 근데…… 나한테는 말도 안 하고?"

"네가 알면, 날 도와줄 수는 있고?"

"하지만……, 그래도 나는……!"

"네가 알아도 도움될 게 없으니까 숨겼던 거야. 여기서 나가고 싶다면 더 이상 묻지 마."

인하의 말투는 차분했지만 조금 차갑게 느껴지기도 했다. 석희가 신경질적으로 안경을 벗더니 소맷자락으로 렌즈를 닦기 시작했다. 입가가 딱딱하게 다물려 있었다. 잠시 침묵이 흘렀다. 혜리만이 어깨를 으쓱하며 뭐가 뭔지 모르겠다는 표정을 지었을 뿐, 예주의 표정도 굳어 있었다. 예주가 정답을 골라서 안도한 것은 나뿐이었다.

네 번째 게임을 할 사람은 키가 제일 큰 여자이다.

걸어 나가는 인하의 등 뒤로 석희는 아직도 꿍한 표정을 짓고 있었다.

침착한 표정의 인하는 거미 떼가 몸을 뒤덮어도 별로 동요하지 않는 것처럼 보였다. 나는 이제 작은 거미가 움직이는 소리만 들어도 트라우마가 생길 지경인데. 차라리 심판 거미의 철판 긁는 소리가 낫겠다.

거미 떼는 다시 딱딱딱, 사사사사삭, 신경을 온통 곤두서게 하는 소리를 내며 사라져 갔다. 거미가 모두 사라지고 나자, 인하가 그제야 고개를 찡그렸다. 이마에 땀이 맺혀 있었다. 체육관 바닥에 또다시 글자가 새겨졌다.

석희는 우리 집 바로 옆집에 살고 있다.

내가 비웃었던 그 명제였다. 그리고 내가 비웃은 걸 비웃기라도 하듯, 인하는 오답을 택했다. 인하가 석희 옆집에 살면 안 되는 이유가 있나?

옆에서 예주가 중얼거렸다.

"이건 되게 쉽네. 명제의 난도가 왔다 갔다 하는데?"

혜리도 말을 얹었다.

"정인하, 석희 어디 사는지 모르는 거 아니지? 둘이 사귀는 사이인데."

예주의 눈이 동그래졌다.

"너네 둘이 사귄다고?"

"무슨 소리야?!"

석희와 인하가 당황한 표정으로 동시에 외쳤다. 그러자 이번에는 예주의 눈이 가늘게 접혔다.

"에이, 맞나 보네? 여기까지 와 놓고 뭘 숨기고 그래. 인하야, 혹시 석희 옆집으로 이사 가고 싶은 거야? 저런 질문이 나온 걸 보면 의심스러운데."

예주가 유들유들하게 말했다. 혜리가 예주의 어깨를 쳤다.

"옆집으로 어떻게 이사 가냐? 인하 사는 곳은……."

거기까지 말한 혜리는 내 표정을 보더니 입을 다물었다.

인하는 석희의 옆집에 살고 있다. 그게 정답이다. 아니라면, 인하의 기억이 멀쩡해야 하니까.

그 순간 인하의 시선이 석희에게 꽂혔다. 석희가 고개를 흔들고 있었다. 인하는 잠시 뭔가를 생각하다가 천천히 입을 열었다.

"내가 거짓을 택해도, 저 사람이 알아."

인하가 내 쪽을 가리켰다.

"내가 잘못된 쪽으로 움직이면 바로 정답을 말할 거야."

사정을 파악한 혜리의 눈이 커졌다. 인하가 천천히 정답 쪽으로 움직였을 때 나는 짧게 안도의 한숨을 내쉬었다. 왜 이렇게 조마조마한지 모르겠다.

거미줄이 지워지고, 인하가 자리로 돌아오며 아직도 알쏭달쏭한 표정을 짓고 있는 혜리와 예주에게 말했다.

"석희 나랑 같은 아파트고, 우리 옆집에 살아."

혜리의 입이 딱 벌어졌다. 저게 왜 저렇게 놀랄 말인지는 모르겠지만.

"너 임대야?"

혜리가 그렇게 물은 순간, 옆에 있던 예주가 손바닥으로 혜리의 머리통을 쳤다. 혜리를 향해 손사래를 치려던 것이었는지도 모르겠지만. 혜리가 예주에게 짜증을 낼 것을 예상하고 있었는데 의외로 혜리는 예주가 아니라 석희에게 화를 냈다.

"아니, 양석희, 여태 나 속인 거야? 난 네가 우리 동네 산다고 생각했는데!"

석희는 드물게 화난 표정이었다. 어두운 '하얀 손 호텔' 방에서 석희에게 화를 내라고 했던 인하의 목소리가 떠올랐다. 석희가 벌떡 일어섰다.

"오혜리! 내가 너한테…… 어떻게 사실대로 말해? 넌 전등이 고장 나서 한 달 동안 깜깜한 방에서 살아 본 적도 없잖아……. 곰팡이로 얼룩진 벽지를 독한 약으로 문지른 기억도……. 열 살도 안 됐는데 똑같은 옷을 일주일 째 입고 등교한다고 놀림받은 기억도 없는 너한테…… 어떻게 사실을 말하냐고……. 어차피 우린 대학 가면 보지도 않을 사이잖아……!"

혜리는 잠시 말을 잃은 듯 하다가, 곧 지지 않고 쏘아붙였다.

"뭘 말을 그렇게 하냐? 방금 말실수한 건 미안해! 그치만 속인 건 너야!"

"네가 평소에 했던 말, 기억 못 해……? 인하가 사는……, 아니, 우리 동네에 대해서? 나한테 인하랑 사귀는 거…… 다시 생각해 보라고 한 게 너 아니야……? 너야말로 생각해 봐……. 우리가 다른 곳에 살고 있었으면…… 과연 내가 너랑 학원 교재까지 빌려주는…… 그런 친한 사이가 됐을까?"

"아니야……."

"거짓말하지 마. 여기서는 솔직해져야 한다며……?"

석희가 혜리를 보며 무표정하게 말했다.

다섯 번째 게임을 할 사람은 키가 제일 작은 남자이다.

석희는 심판 거미가 말하는 타이밍에 맞추어 코트 중앙으로 걸어갔다. 혜리는 아랫입술을 짓씹고 있었다.

서로의 관계가 폭로된 비밀들로 꼬인 것은 알겠지만, 내게 가장 중요한 문제는 여기서 나가느냐 마느냐이다. 이제 석희가 정답만 말한다면 나갈 수 있다. 손에 땀이 배어났다. 마지막 방의 마지막 게임이다. 탈출이 가까워지고 있다. 만약 석희가 정답을 선택하기를 거부한다면 부적을 이용해 무력이라도 쓸 생각이었다. 어차피 O/X에 움직여 놓기만 하면 되니까.

석희의 명제가 뭐였더라. 예전에 혜리네 오빠가 혜리를 독살하려고 했다, 뭐 이런 거였지. 이미 모두에게 공개된 명제니까, 이제 게임은 끝났다.

석희의 몸을 휘감고 갉작거리는 징그러운 소리를 내던 거미 떼가 사라지자, 마지막 명제가 바닥에 펼쳐졌다.

그리고 나는 당황했다.

모든 게 밝혀진 지금, 나는 이곳에서 탈출하고 싶지 않다.

*

끔찍한 명제다. 왜 명제가 바뀌었는지는 제쳐 두더라도, 내가 할 수 없는 것이 거의 없다는 점에서 정말 끔찍하다. 석희가 정답을 고른다면, 그러니까, 자신의 마음을 솔직하게 고백한다면 우리는 모두 탈출할 수 있다.

1. 석희가 이곳에서 탈출하고 싶은 마음이 참이라면, X를 선택할 것이다.

2. 석희가 이곳에서 탈출하고 싶지 않다면, 그 마음이 정답이라면……. 그래도 X를 선택할 수 있다.

왜냐고? 이곳에서 탈출하고 싶지 않기 때문이다. 그래서 일부러 오답을 택해 우리를 다시 첫 방, '붉은 혀 패밀리 레스토랑'으로 돌아가게 만들 것이다.

결국 나가고 싶다는 대답을 해도, 석희의 진짜 마음은 답을 선택한 순간에 바로 드러나지 않는다.

이마의 식은땀을 훔쳤다. 가장 나쁜 가정이 떠올랐다. 석희가 지금까지의 기억을 친구들에게서 지우고 싶다면, 그 마음이 이곳에서 탈출하는 것보다 우선이라면ㅡ. 자칫하면 우리는 이곳에 영원히 갇히게 된다. 내가 석희의 답을 예측해 봤자 소용없다.

석희를 바라보았다. 석희는 명제를 다 읽고도 어느 쪽으로도 움직이지 않고 있었다. 인하가 입을 열었다.

"우리 이제 여기서 나가자."

인하의 목소리는 흔들리고 있었다.

"솔직하게 골라. 맛있는 거 먹고 싶지 않아? 중요한 건 우리가 친구라는 거야. 양석희! 나 한국에 친구 너희밖에 없는 거 알잖아. 내 소원이야. 나가서 피자 먹자!"

예주도 소리 질렀다.

자연스럽게 혜리 쪽을 보게 되었다. 혜리는 고개를 떨어트린 채 땅바닥만 바라보고 있었다. 석희에게 다시 시선을 옮기자 석희는 그런 혜리를 바라보고 있었다.

나는 석희가 애벌레가 들어간 혜리의 파네스파게티를 계속 먹어 줬던 것을 기억해 냈다. 두 사람은 그 정도로 친했을 것이다.

그리고 혜리는 아마도 세 사람 중 석희와 가장 친했을 것이다. 외국으로 유학을 갔고 메시지 하나도 보내지 않은 예주보다, 석희에게 사귀지 말라고 만류했던, 다른 동네에 사는 인하보다 더. 혜리가 배신감을 느꼈을 수도 있지만, 석희는 그보다 더 심한 감정을 느끼고 있을 것이다…….

석희가 다시 안경을 벗었다가 썼다. 그때 깨달았다. 지난 회차에 이 방에서 이 친구들이 다 거짓을 택했던 건, 다른 아이들을 상처 주지 않기 위해서였다.

괴물들은 잔인한 방법으로 아이들을 가두었다. 서로에게 상처 주지 않으려는 마음을 이용한 것이다. 그리고 이제는 상처받지 않으려는 마음을 이용해서 계속 여기에 붙잡아 두려는 거다.

아……, 제길, 또 그 비린내 나는 시뻘건 셰이크를.

잠깐만, 우리, 그 음식들을 먹었었지? 멍청이, 그 사실이 이제야 떠오르다니.

나는 가만히 서서 혜리를 바라보고 있던 석희에게 말했다. 아마 석희는 혜리가 말하는 것을 기다리고 있었는지도 모르지만, 지금은 내가 더 급했다.

"석희 씨, 진실을 말하세요. 약속하죠. 탈출만 한다면 여러분의 기억은 모두 지워질 겁니다. 이곳의 어떤 기억이든요. 그러면 이전 사이로 별문제 없이 돌아갈 수 있습니다."

내 말을 들은 석희가 천천히 입가를 올려 웃었다. 기운이 다 빠진 듯한 얼굴에 간신히 지은 미소였다.

"제가 당신 말을 어떻게 믿죠……?"

석희가 기다리던 혜리는, 끝까지 고개를 바닥에 떨어트리고 석희를 바라보지 않았다.

기다리기를 끝낸 석희가 천천히 발걸음을 옮겼다. 설득할 시간이 더 없는 게 안타까웠다. 내가 예상한 방향이었다.

4K 와이드 돌비 서라운드

석희가 답을 고르자마자 작은 거미들이 만들어 놓은 은색 글자가 사라졌다. 꽉 쥐고 있던 주먹을 천천히 폈다. 손바닥에 땀이 흐르고 있었다.

심판 거미가 고개를 돌려 우리와 겹눈을 맞추었다. 그러더니 가장 앞쪽 다리를 우리 쪽으로 들고는 치켜올리는 시늉을 했다.

"일어나라는 건가?"

"그럼 말로 했겠지."

혜리와 예주가 소곤거렸다. 혜리가 먼저 엉거주춤 일어났다. 나와 인하도 일어섰지만, 예주는 그런 우리를 어리둥절한 눈으로 훑었을 뿐 여전히 앉아 있었다.

인하가 눈치 없는 예주를 일으키려는 순간, 거미의 다리가 꿈틀대며 우리 코앞으로 왔다. 헉—, 하고 누군가의 호흡이 긴박하게 멈췄다.

거미는 우리 한 사람 한 사람의 정수리를 긴 다리로 쓰다듬더니 마지막으로 휙 하는 바람 소리를 냈다. 그리고 한순간에 먼지 뭉치처럼 형체를 잃고 가루가 되어 바닥으로 가라앉았다.

거미뿐 아니었다. 네트도, 조명도, 심지어 거미가 넘기던 스코어보드마저도 순식간에 사라졌다. 반질한 마룻바닥이 낡은 회색 콘크리트 바닥으로 바뀌고, 소리가 울릴 정도로 높던 천장은 낮아져 있었다. 페인트가 갈라진 벽면 사이로 아주 작은 그림자들이 줄지어 들어가는 것이 보였다. 수명을 다해 막 꺼질 것 같은 형광등이 깜박거렸다.

체육관을 이루고 있던 어떤 것도 없었다.

의자가 사라져 엉덩방아를 찧은 예주가 먼지 더미 속에서 쿨럭거렸다.

"아무리 봐도 여긴 그 레스토랑은 아닌데."

인하가 갑자기 바뀐 공간의 이곳저곳을 둘러보는 동안, 석희가 뿌연 먼지 너머에서 우리 쪽을 향해 천천히 걸어왔다. 혜리가 무의식중에 석희 쪽으로 고개를 돌렸지만, 석희는 못 본 척 혜리를 지나쳤다.

"전…… 맞는 답을 골랐어요."

내 옆으로 다가온 석희가 착 가라앉은 목소리로 말했다. 왼쪽 벽을 두리번거리던 인하의 동작이 석희의 말과 함께 멈췄다. 주변이 고요해졌다. 예주의 쿨럭거리는 소리를 제외하고는.

"근데…… 왜 출구가 보이지 않죠?"

나는 아까부터 보이던 초록색 불빛을 가리켰다. 뛰어가는 사람 모양 픽토그램이 녹색으로 반짝이고 있었다. 모두가 내 손이 가리킨 방향을 바라보았지만 금세 다시 시선이 튕겨 내게 돌아왔다. 그 눈빛의 의미를 바로 알 수 있었다. 다들 플레이 중에 규칙을 한 번 이상 어겼기 때문에 출구가 보이지 않는 것이다.

"안 보입니까?"

"네."

혜리가 다가와 더듬더듬 말을 이었다. 석희의 냉랭한 시선이 한 번 그쪽을 향했으나 곧 거두어졌다.

"죄송해요……. 저희 때문에 와 주셨는데, 쓸모없다고 생각한 건 제 잘못이에요. 혹시라도 문이 보인다면 열어 주실 수 있을까요?"

혜리의 사과를 받아들이기로 했다. 어차피 나도 탈출해야 하니까. 그나저나 석희에게도 사과할 필요가 있지 않나 싶었지만, 혜리는 끝까지 아무 말도 하지 않았다. 어차피 나가면 없어질 기억이라 생각했기 때문일지도 모르지. 내가 참견할 일은 아니다.

나는 나머지 네 명을 데리고 출구 앞에 섰다. 음산한 느낌의 궁서체로 '비상 탈출구'라고 쓰여 있었다.

"와……, 진짜 너 안 왔으면 우리 다 갇힐 뻔했네. 내가 보기엔 여기 그냥 벽인데."

예주가 문 앞에서 손바닥을 내밀어 더듬거렸다. 문에는 아까의 비상구 표지 이외에는 어떤 규칙도 적혀 있지 않았다. 오래된 회색 방화문의 문고리는 눌러서 미는 형태였다.

"저희…… 탈출하면 기억을 잃는 거…… 맞죠?"

석희가 나를 보았다. 모두의 시선이 따라왔다.

"예, 확실합니다."

"이제 반말해도 되지? 고맙다는 말을 미리 할게."

인하가 나를 향해 고개를 끄덕였다. 나는 피식 웃었다.

"네, 누나."

예주가 웃으며 인하의 허리를 가볍게 찔렀다. 나는 양손을 내밀어 긴 일자형 문고리를 눌렀다.

덜컹.

끼이이이이이이이이이―.

낡은 경첩이 문의 무게를 견디는 소리가 기분 나쁘게 울려 퍼졌다. 예상외로 두꺼운 문 때문에 저절로 인상이 찌푸려졌다. 손을 놓으면 바로 닫힐 듯한 강한 힘이 느껴졌다. 보이지 않는 놈들의 수작일 것이다. 쉽게 놓아 주고 싶지 않겠지.

가장 먼저 인하가, 예주가, 석희가 그리고 마지막으로 혜리가 문턱을 넘어갔다. 나는 무거운 문을 놓치지 않도록 조심하며 발을 내딛었다.

쾅!

바깥으로 나와 손을 놓자마자 문은 거센 소리를 내며 닫혔다. 그제야 나는 나온 곳이 어딘지 알아챘다. 깨진 창문과 복도. 시선 끝에 낯익은 플래카드가 보였다.

11월: 내일이 오지 않아도 | 플레이 타임 70분, 4인 전용(수험생 할인)

내가 들어왔던 입구였다. 안도의 한숨이 저절로 흘러나오며 온 몸에 힘이 풀렸다.

혜리 일행은 어디 있지? 까만 머리 셋, 탈색모 하나. 이미 계단을 내려가고 있는 네 명의 뒷모습이 보였다.

"애들아, 피자 먹지 않을래? 고구마크러스트에지로."

"피자? 우리 마지막으로 만났을 때 먹은 거 먹어야 기념이 되지."

"Oh, no. 싫어! 미국에도 중국집 많단 말이야."

"거긴…… 짜장면…… 안 팔잖아."

"그나저나 진짜 끔찍한 방 탈출이었어."

아주 평범한 대화였다. 내가 이곳에 오기 전 탔던 지하철에서 들었던 고3들의 대화처럼.

긴장이 풀려 다시 한숨을 내쉬었다. 입꼬리가 슬며시 올라갔다. 첫 케이스가 성공적으로 끝난 것이다. 그 애들이 내려가는 계단

쪽으로 나도 발을 뻗었다.

그때, 아무 말도 하고 있지 않던 혜리가 단발머리를 갸웃하며 뒤를 돌아보았다.

"어, 악이 씨는 왜 안 나오지?"

어?

"아기씨? 그게 뭐야?"

"Baby, what? 우리 혜리 수능 공부하느라 머리가 어떻게 된 거 아니냐?"

"뭐래! 그 이상한 사람 있었잖아. 악이라고 하던."

"사람…… 이름이었어? 아기……라는 이름이…… 있어?"

"양석희 너까지……. 너희들 정말 기억 안 나?"

혜리는 여전히 이쪽을 보고 있었다.

그 순간, 나는 전에 느껴 보지 못한 공포를 느꼈다. 보폭을 늘린 만큼 복도가 길어졌다. 한 발짝 더 걸었다. 또 길어졌다. 계단은 닿을 수는 없지만 시야에는 보이는 그 자리에 그대로 있었다.

"혜리 씨!"

내가 소리치자 혜리가 다시 고개를 갸웃했다. 잠시 시선이 마주쳤다. 혜리처럼 이쪽을 돌아본 인하가 너털웃음을 터트렸다.

"이상한 소리 하지 마. 방 탈출 카페 같은 곳에 귀신이 많다더니……. 너 진짜 귀신이라도 씌었어?"

"아니야……, 악이 씨는 귀신이 아니라……."

그때 예주가 입술을 비스듬히 올리며 피식 웃었다.

"방 탈출 카페에 그런 사람이 있었다는 거야? I'll check."

그렇게 말한 예주는 계단을 올라와 천천히 이쪽으로 걸어왔다. 나풀나풀한 탈색모가 내 뺨을 스칠 정도로 가까워졌다.

"누나! 나 안 보여? 여기 있잖……."

예주는 내 쪽은 쳐다보지도 않은 채 문고리를 쥐었다. 그러고는 꺅! 하고 비명을 질렀다. 귀청이 떨어질 뻔했다.

"으아아아아악! 귀신! 귀신!"

"아, 미친, 예주야, 제발!"

"내려가아아아—!"

"내……내려가? 지……진짜 귀신?"

네 명의 우당탕거리는 발소리가 복도에 울려 퍼졌다. 나는 이마를 쳤다. 문고리에 내가 붙인 부적이 붙어 있었다. 1층에서 수위 아저씨가 쩌렁쩌렁하게 소리를 지르는 게 여기까지 들렸다.

"너희들 또 유튜버야? 2층 올라가지 마!"

아니, 안 되는데. 아무도 안 올라오면.

다시 한 걸음 앞으로 움직였으나 계단과의 거리는 여전히 똑같았다. 절망스러운 마음을 누르며 뛰기 시작하자 복도가 무한히 길어졌다. 이제, 1층으로 내려가는 계단은 저 끝에 있다. 목 윗부분에서 솟은 땀이 선뜩하게 등줄기를 훑고 내려갔다.

뭐야, 왜 나만 못 가? 왜 나만 계단으로 갈 수가 없지?

주머니를 더듬어 사뫼의 만화경을 꺼냈다. 동그랗고 오래된 철테 안경을 꼈음에도 여전히 낡고 오래된, 음산한 복도일 뿐이었다. 낙담하여 시선을 내리자 신발 아래에 무언가가 꿈틀거리는 것이 보였다. 콘크리트 바닥 아래에서 무수히 많은 가는 은색 털이 뻗어 나와 발목까지 휘감고 있었다. 시험 삼아 걸어 보자 그 털들이 나를 끌어당겨 제자리에 가져다 놓았다.

"제기랄."

마지막 이벤트야, 뭐야? 욕설을 뱉고 포스트잇을 하나 꺼냈다. 진언이 쓰인 부적이 불타오르며 빛이 번쩍였지만, 발에 붙은 것들은 여전히 그대로였다. 포스트잇 위에 다른 글자를 빠르게 휘갈겨 썼다. 저 녀석은 아까 그 하얀 손 호텔 놈과 동일한 놈인가?

"맛 좀 봐라, 이 괴물 녀석아."

무릎을 꿇고 바닥에 부적을 붙이자 곧 은색 털들이 아까 그 손들같이 반죽처럼 되어서 흐물흐물, 물컹거리며 무너져 떨어졌다.

"별것도 아닌 게 짜증 나게 하네."

포스트잇과 만년필을 주머니에 넣고 일어섰을 때, 갑자기 머릿속에 괴이가 구역을 침범하고 있다는 생각이 떠올랐다. 이곳에는 괴이도, 괴이의 물건도, 규칙도 아무것도 없는데 영향력을 발휘할 리가 없었다.

왜 복도까지 저놈들이 기어 나와서……

깨닫고 나자 발바닥이 아래로 푹 꺼졌다. 늪 같은 시멘트 반죽이 나를 집어삼켰다. 은색 실을 뽑아 내 발을 끌어당겼던 작은 거미들이 반죽에서 나와서 내 머리끝으로 기어갔다.

규칙을 어긴 넌 나갈 수 없다.

철판을 긁는 것 같은, 끽끽거리는 심판 거미의 목소리가 귓가에 울려 퍼졌다. 반죽이 코를 덮어 숨이 막혔다.

난, 당신한테 거짓말한 적이 없는데…….

만화경을 낀 눈에 들어온 것은, 망할 플래카드였다.

11월: 내일이 오지 않아도 | 플레이 타임 70분, 4인 전용(수험생 할인)

말도 안 돼…….

내 존재 자체가 규칙을 어긴 거라고?

내가 출구를 열었잖아.

규칙을 어기지 않았으니까 열린 거잖아.

사뫼가 날 이쪽으로 보냈는데…….

사뫼, 어떻게 된 겁니까?

4인 전용이었다는 건…….

외부의 누구도 해결할 수 없는 일이라는 거잖아…….

눈이 감겼다. 반죽이 머리통 끝까지, 나를 집어삼키는 것이 느껴졌다.

*

인간은 죽기 전에 살아 있었을 때의 기억을 볼 수 있다고 한다. 마치 영화 필름을 영사기에 넣고 돌리듯이. 사뫼는 그걸 '주마등이 스친다'라고 표현한다고 그랬다.

죽어 보지 않았으니 알 리가 있나. 죽기 직전 몇 초에 그 많은 장면을 상기할 수 있을 리가 없다고 사뫼에게 반론을 펼쳐 가며 우겼었는데, 웬걸, 4K 와이드 돌비 서라운드다. 그리고 3D가 아닌 4D.

머리통 윗부분에서 통! 하고 경쾌한 소리가 났다. 아마도 내 머리는 그쯤이 조금 비어 있는 모양이다. 아니면 밖으로 영영 나올 수 없는 괴물이 갇혀 있던가.

"히잉……."

죽비가 곧장 머리통에서 내려오는 게 보이자마자, 열네 살의 나는 엄살을 피우려 눈물을 짜내고 맨들맨들한 정수리를 쓰다듬었다. 슬쩍 스님 눈치를 보는 것도 잊지 않았다.

"너 또 산 아래 와당에 몰래 내려갔었구나! 만자(卍)가 있다고 다 절이겠느냐?"

"아닙니다, 안 갔습니다!"

"거짓말까지 해? 이거 안 되겠구나."

해온 스님의 흰 눈썹이 치켜 올라가 늘 반쯤 가려져 있던 눈동자가 몽땅 드러났다. 정말 화가 많이 나셨는지 몸이 오돌오돌 떨렸다. 나는 저러다가 스님이 쓰러져 돌아가실까 봐 급히 말을 정정했다.

"스님 말씀이 맞습니다! 갔다 왔습니다. 하지만⋯⋯."

그제야 스님이 눈썹을 내리셨다. 나는 속으로 휴, 하고 숨을 돌렸다.

"하지만, 뭐냐?"

"항상 말씀하시지 않으셨습니까? 부처님은 어디에나 계신다고 하셨잖습니까? 거기도 부처님이 계십니다. 대웅전에 있는 탱화랑 거의 똑같은 것이⋯⋯."

딱 하고 죽비가 바닥을 쳤다. 고개를 푹 숙이자 스님이 쯧쯧 혀를 찼다.

"그건 가짜다. 거기 있는 건 부처님이 아니야. 그저 탱화일 뿐이다. 부처님이 뭐라셨다 했지? 자기 자신을 등불로 삼으라 했다!"

"하지만⋯⋯."

"또, 또 하지만을 붙이느냐!"

스님의 노성에 나는 입술을 비죽였다.

"하지만 귀신을 보려면 천신께 얼마나 빌어야 되는지 해온 스님은 모르시잖습니까? 스님은 그런 데 재주가 없으시니 저도 나름 스승님을 찾아간⋯⋯."

"허어······! 너 지금 그게 무슨 소리냐? 귀신을 봐? 그게 재주라 했느냐? 그걸 말이라고!"

해온 스님의 눈썹이 다시 치켜 올라갔다. 스님과 눈 맞추기가 무서웠지만, 나는 할 말을 했다.

"거기 신녀님은 정말로 귀신을 보십니다! 제가 열심히 하늘에 빌면, 저도 귀문이 열릴 수 있다고 했습니다!"

"애초에 산 것과 죽은 것의 세계가 다른데 귀신을 어찌 보느냐? 망령이 들었구나, 망령이 들었어. 무당의 말을 믿는 불자라니 지나가던 쥐새끼가 웃을 일이다."

"그런 말씀은 망령이 든 사람들에게 실례입니다! 그리고 스님, 세상에는 볼 수 없는 것들을 볼 수 있는 사람들이 있습니다. 저는 그저 뭐든 볼 수 있는 사람이 되고 싶은 것뿐인데 그게 어찌 나쁜 마음입니까?"

다시 딱 하고 바닥을 치는 소리가 났다. 죽비가 조각나서 땅바닥에 흩어졌다. 식식, 노스님의 숨소리가 거칠어지자 또 덜컥 겁이 났다.

"이 녀석이! 내 너에게 누누이 삿된 것에 욕망을 품지 말라 일렀지 않느냐!"

"스님!"

멀리서 보살님들이 달려오는 소리가 들렸다. 해온 스님이 털썩 엉덩방아를 찧는 소리도.

그 장면을 끝으로 다시 시야가 어두워졌다. 나는 괴이의 반죽 속에서 끝없이 아래로 끌려 내려가고 있었다.

그래, 내가 삿된 마음을 먹어서 잘못된 거야.

이런 건 내가 할 수 있는 일이 아니었던 거야.

난 규칙을 어긴 거고, 이건 그 대가야.

숨이 막힌 탓에 고통으로 눈물이 방울방울 흘러나왔다.

사뫼는 이걸 내게 가르쳐 주고 싶었던 걸까?

아니면 사뫼도 나를 버리고 싶었던 건……. 설마……. 아니겠지? 그럴 리가 없지, 사뫼가…….

깜빡. 어디선가 부드러운 감촉이 뺨을 훑고 내려왔다. 그것은 아주 작은 틈을 비집고 들어와 내 턱을 감쌌다.

“아오……, 너무 무거워요.”

체온이 있는 사람의 손이었다.

“아니, 최선을 다하고 있다구요. 아우, 머리 울려. 그게 아니라요, 반말 안 했다구요.”

호흡이 부족해 의식이 몽롱한 사이에 꿍얼거리는 남자의 목소리가 먹먹하게 고막을 울렸다.

“이이이잇!”

누군가의 손이 내 턱을 끌어당겼다. 귀 끝에 바람이 느껴졌다.

“에이이이이이이이잇!”

조금만 더…….

"반말이 아니라 혼잣말이라구요. 답답하시면 좀 도와주시든가요."

조금 더…….

"영감님, 그 사장님한테 돈 엄청 받았잖아요!"

남자가 누군가에게 짜증을 부리는 소리와 함께 눈앞이 번쩍 빛났다. 따듯한 빛이 내 몸을 감싸 동그란 원을 만들었다. 원 밖에 날카로운 갈고리 같은 것이 세 개 매달려 있는 것이 보였다. 그것은 나를 감싼 빛의 구를 집어 올리더니, 딱딱해진 바닥에 내팽개쳤다.

"허억……, 허억……, 허어억!"

숨을 몰아쉬고 있자니 옆에서 누군가가 내 등을 두드렸다.

"괜찮아요?"

입가에 늘어진 침을 손등으로 대충 닦으며 고개를 들어올렸다. 등을 두들겨 주던 건 나보다 나이가 서넛 많아 보이는 남자였는데, 희게 센 머리카락이 끝부터 점점 검게 변하고 있었다. 나는 고개를 도리질하며 혼미해지려는 정신을 붙잡으려고 노력했다.

"저, 살아난 겁니까……?"

"살았으니까 그렇게 맥없는 소리나 하고 자빠졌죠. 일어나요."

남자가 내 손을 붙들어 일으켰다. 아까 그 복도였다. 남자의 머리카락은 이제 뿌리까지 모두 새카만 색이었다. 아깐 잘못 본 게 틀림없다.

"방금 절 구한 생명의 은인이 그쪽이심까? 정말 감사……."

"그러기 전에, 규칙을 읽고 들어가야죠! 여기, 4인 전용이라고 쓰여 있는 곳 밑에 작게 보이잖아요. '수정이 필요한 경우 해당 부분에 줄을 긋고 기다려 주세요.' 이런 기본적인 생존 수칙을 무시하다니, 생각이 없는 겁니까?"

그런 규칙이 있었다고? 나는 문 앞의 플래카드에 거의 코를 처박을 정도로 가까이 다가갔다.

11월: 내일이 오지 않아도 | 플레이 타임 70분, 4인 전용(수험생 할인)
*프로그램의 내용 수정이 필요한 경우, 해당 부분에 줄을 긋고 기다려 주세요.

하지만 분명 그때는 저런 문장이 없었다. 꼼꼼히 확인했는데. 뭐지?

"내가 출동 안 했으면 어쩔 뻔했어."

남자가 장난스런 목소리로 어깨를 으쓱해 보였다. 그 위로 이상한 푸른 형체가 보였는데, 나는 그것을 바로 알아보았다. 느긋한 표정의 둥그런 눈은 반쯤 감겨 있고, 흰 수염이 두 가닥 나 있었다. 가늘게 뻗은 팔에 갈고리 같은 발톱이 달려 있고, 등줄기에는 지느러미가 나 있었다. 그것은 푸른 몸통을 남자의 어깨와 팔

위에 둥글게 말아 똬리를 틀고 있었다.

"아, 그쪽도 우리 영감님이 보이시죠? 인사 나누세요."

나는 눈을 끔뻑였다. 죽음에서 돌아와서 영안을 얻었나? 그래서 아깐 보이지 않았던 히든 규칙이 보이는 걸까?

손으로 눈가를 더듬거리자, 차가운 철 테가 닿았다. 아직 만화경을 쓰고 있다는 사실을 깨닫자마자 벗었다. 시야가 불투명해지자 그제야 머릿속에 낭패라는 두 글자가 떠올랐다.

"큰일 났다……."

"또 뭐가요?"

남자가 어리둥절한 목소리로 말했다.

"안 보임다."

"안 보인다고요? 뭐가? 우리 영감님이요?"

"아니……, 당신 얼굴이고 이 공간이고 어릿어릿하고 제대로 안 보인다 이 말입니다……."

벌써 세 시간이 지난 거다. 난 바보 멍청이야.

만화경을 세 시간 이상 쓰면 착용자의 안구가 영구적으로 손상됩니다.

사뫼에게 당당히 내뱉었던 말이 머릿속에서 꽝꽝 울렸다.

"안 보인다니? 갑자기요? 아……, 이 사람이 썼던 안경, 귀물이에요, 영감님? 에이……, 제가 어떻게 알아요? 히익! 진짜로? 나더러 보따리 내놓으라는 거 아니에요? 왜, 그 속담 있잖아요. 물에 빠진 거 구해 주니까 보따리……. 아이고, 알겠어요, 영감님.”

형체도 거의 분간이 가지 않는 시야를 되돌려 보려고 손을 올렸다. 남자의 두 손이 덥썩 내 양팔을 잡아 내가 눈을 비비려는 것을 말렸다.

“손대지 마요. 앞이 안 보인다 이거죠?”

“그렇……습니다. 제가 이 안경을 착용할 때 지켜야 할 규칙을 어겨서……. 아마도 세 시간 이상 쓰고 있어서…….”

갑자기 한기가 든 듯 몸이 부들부들 떨렸다. 시력을 잃을 수도 있는 걸까? 진짜? 말도 안 돼. 이럴 수는 없어. 차라리 아까 그 반죽에 빠져 죽는 게 나았을지도 몰라.

남자가 내 양팔을 쥔 손을 세게 흔들어, 나는 끔찍한 사고의 연결에서 간신히 빠져나왔다.

“정신 차려요.”

“옙…….”

“영감님, 어떻게 하죠? 그 여자 분이 분명 클레임 걸 거라구요. 이 친구 솜털 하나 다치지 않게 해 달라고 그랬잖아요. 에이! 그러니까 제가 계약하지 말자고 했죠! 아우, 시끄러. 알겠어요, 제가 다 잘못했어요. 아니, 알았다구요. 아니, 제가 영감님한테 짜증을 낸 게 아니라요.”

남자의 목소리가 점차 잦아들더니 매서운 바람이 몰아쳤다. 쩌정, 하고 등 뒤에서 무언가가 갈라지는 소리가 들렸다. 나는 제대로 보이지 않는 안구라도 지키려고 눈을 꽉 감았다. 어디선가 훌쩍이는 소리가 났다.

"잘못했어요, 영감님…… 힝……. 근데 이 친구 어떻게 해요? 경을 베끼는 일을 한다고 그랬는데."

훌쩍이던 남자가 코맹맹이 목소리로 중얼거렸다. 곧 남자의 양손이 내 팔에서 떨어졌다. 아까 나를 괴이의 반죽 속에서 구출해 낸 따듯한 무언가가 눈을 훑고 지나가자, 눈꺼풀 너머로 찌르는 듯한 강한 빛이 느껴졌다.

"앞이 보이느냐?"

눈을 떴다. 누군가의 손바닥이 보였다. 남자는 내 눈앞에 펼쳐져 있던 자신의 커다란 손바닥을 천천히 거둬들였다. 눈을 끔뻑여 보았다. 남자의 머리카락이 다시 하얗게 세어 있었다.

"보입니다. 아주 잘 보입니다!"

그 순간에는 나를 거의 빠져 죽게 만들 뻔한 시멘트 바닥과 깜빡거리는 전등 그리고 깨진 유리창 같은 것들이 무엇과도 비교할 수 없는 아름다운 경치처럼 느껴졌다.

나를 바라보고 있던 남자가 입을 열었다.

"원하는 것이 보이지 않는다고 해도, 너만 볼 수 있는 것들은 언제나 네 곁에 있다. 너의 현재를 소중히 하거라."

남자의 흰 머리카락이 다시 천천히 검은색으로 뒤덮이기 시작했다. 나는 남자를 향해 꾸벅 고개를 숙였다.

"알겠습니다. 구해 주시고 치료까지 해 주셔서 정말 감사드립니다. 이 은혜는 꼭 갚겠습니다."

다시 눈을 마주친 남자는 머리카락 색뿐 아니라 표정까지 달라져 있었다. 자세히 보니 팔 부분이 가죽으로 덧대어진 야구 점퍼에 블랙 진을 입고 있었는데, 키가 나보다 한참 컸다. 남자가 뒤통수를 긁적거리며 말했다.

"아, 아니, 제가 한 게 아닌데. 제가 모시는 영감님이……, 그러니까."

"알고 있습니다. 신을 모시는 분이십니까?"

남자가 고개를 끄덕였다.

"예, 어쩌다 보니."

그나저나 용이 인간에게 깃들 수 있는 존재던가? 그런 이야기는 듣도 보도 못했는데. 그럼 아까 이 사람 어깨 위에 있던 것은 용이 아니었나? 그래, 비늘이 없긴 했어. 용이라면 비늘이 있어야 하는데…….

만화경을 쓴다면 다시 볼 수 있을지도 모르지만, 나는 들고 있던 만화경을 주머니에 집어넣었다.

"신이 들 때 외모가 변하시던데, 큰 신을 모시는 모양이신가 봅니다."

"아, 뭐……."

남자가 미소를 지으면서도 말꼬리를 흐렸다. 구체적인 언급을 꺼리는 듯했다. 나는 그에게 다시 한번 깍듯이 인사했다.

"어쨌든, 부인하셔도 그쪽은 제 생명의 은인이 맞습니다. 구해 주셔서 감사함다!"

"쑥스럽네. 전 그냥 NMN 사장님이랑 계약한 걸 지킨 것뿐이에요. 실제로 괴이 구역에 들어가서 꺼내 드린 것도 아니고…….오히려 죄송하죠. 저 플래카드의 규칙이 '?인용'으로 변경될 때까지 이 복도에서 기다리고 있었는데, 갑자기 애들 한 무리가 나오길래 몸을 숨긴다는 게 그만……. 구조가 아슬아슬할 뻔했네요."

사뫼랑 이 남자가 계약을 했다고? 아까 남자가 중얼거린 말이 떠올랐다. 솜털 하나 다치지 않게 해 달라고 그랬다는 게 내 얘기였나?

사뫼가 나를 믿지 못한 것도 결국엔 고마운 일이 된 건가. 하긴, 히든 규칙도 확인하지 않고 멋대로 들어갔으니 그런 취급 받아도 싸지.

남자의 환호하는 소리에 현실로 돌아왔다. 남자가 나를 보고 미소 지으며 손가락으로 플래카드를 가리켰다.

11월: 내일이 오지 않아도 | 플레이 타임 70분, ?인 전용(수험생 할인)

그는 기다렸다는 듯이 두꺼운 매직을 꺼내 물음표 위에 5라고 쓰고, 문장 전체에 취소선을 그었다.

"임시 처방이지만, 12월이 되어 새 프로그램이 생성되기 전까지는 누구도 입장하지 못할 겁니다. 그럼 이제 내려가 볼까요?"

절대로 도달하지 못할 것 같았던 계단을 손쉽게 걸어 내려오자, 빌딩 문을 닫고 있던 수위 아저씨가 고리눈을 뜨고 우리를 쳐다보았다.

"어이구! 거기 올라간 사람들이 또 있었어! 2층에 올라가지 말라고 써 붙여 놓든가 해야지, 원."

죄송해서 고개를 숙이려던 순간, 수위실 앞에 붙어 있는 일력이 눈에 들어왔다. 나는 남자에게 물었다.

"혹시 오늘 며칠입니까?"

"그쪽 들어가고 이틀 지났을걸요? 그래서 그쪽 사장님이 저랑 계약하신 거예요. 바로 안 돌아오니까."

그랬구나.

"맞다, 계약 조건상 제가 할 일이 하나 더 있거든요."

남자는 싱긋 웃으며 몸을 굽혔다. 어딘가 낯익은 노란 종이를 꺼낸 그가 돌연히 자세를 더 낮춰 내 발목을 움켜쥐었다.

"이거까지 해야 계약 사항 모두 완료라서요."

"예?"

잠깐만, 뭐야?

그는 내가 대처할 틈도 없이 오른쪽 양말에 뭘 넣더니, 왼발의 양말을 벗겨 발목에 붙였던 포스트잇을 떼어 냈다. 나는 중심을 잃고 크게 휘청였다.

저걸 떼어 내면 내 기억이…….

기억이…….

사뢰가…….

나를…….

*

눈을 뜨고 처음으로 본 것은 수위실의 낮은 천장이었다. 작은 소파에 다리가 구겨진 채로 누워 있던 나는 멍한 상태로 주위를 두리번거렸다.

"깨어났는감?"

"예?"

"망한 업장 뭐 그렇게 볼 게 있다구 드나드는지. 아까 고등학생들도 그렇구, 하여간에 요새 애들은 뜨신 밥 먹고 쓸데없는 짓만 한다니까."

"고등학생들이요? 혹시 네 명?"

몸을 추슬러 상체를 일으키자 수위 아저씨가 혀를 찼다.

"가만있어 보자……. 맞지, 네 명이. 걔들도 같은 일행인가 보아? 그 애들은 한참 전에 나갔는데. 그건 그렇고 자네 쓰러진 거

160

기억나나? 갑자기 내 앞에서 쓰러지는데, 뭔 일이 났나 싶어 심장이 벌렁벌렁했지. 자세히 보니까 잠든 거더라고. 자네 일행이 부탁해서 여기 눕혀 놨네만, 몸 좀 괜찮나?”

“몸은 괜찮습니다.”

주머니를 뒤졌다. 휴대폰과 만화경이 바지 왼쪽 주머니에, 오른쪽 주머니에는 만년필 등 잡동사니가 들어 있었다. 안도의 한숨을 내쉬었다. 마지막으로 점퍼 안쪽 지퍼 주머니에 넣은 액자를 꺼냈다. 액자 안에는 맨눈으로 보이지 않던 혜리가 그의 어머니와 나란히 이쪽을 보고 쑥스러운 듯 미소 짓고 있었다.

혜리 일행이 무사히 탈출했다는 것을 확인하고 나니 쌓여 있던 피곤이 전신으로 밀려들었다. 방 탈출 카페 마지막 방의 기억이 방울방울 떠올랐다. 석희가 모두를 탈출시키는 선택을 했구나.

부처님께 감사하며 소파에서 일어섰다. 그런데 신발을 신는 순간, 왼쪽 발목에 한기가 돌았다.

“양말이…… 왜 벗겨져 있지?”

급히 양발을 더듬었다. 양말이 제대로 신겨져 있는 오른쪽 발목 위로 얇고 부들부들한 괴황지가 바스락거렸다. 부적이 잘 있는 걸 보니 다행인데, 설마 내가 자다가 벗었나?

“그러고 보니 자네, 얼마 전에도 찾아왔었지? 이제 더 이상 귀신 같은 이상한 거 볼 생각 말고 어여 집에 들어가!”

“아, 예.”

얼마 전에 찾아왔다고? 아저씨한테도 부적을 써 줬던 기억이 그제야 떠올랐다. 위화감이 들어 다시 주머니를 더듬었다. 모든 물건이 아까와 같이 제자리에 있었다.

뭔가 잃어버린 것 같은데, 잃어버린 건 없고.

뭐지?

*

수위 아저씨의 걱정 어린 핀잔을 뒤로하고 빌딩을 나와 지하철역 입구로 향했다. 어쨌든 사뫼가 처음으로 맡긴 일을 실수 없이 해냈다는 사실에 마음이 뿌듯했다. 뭘 빠트린 것 같은 감각이 완전히 사라진 것은 아니었지만, 혜리의 어머니, 즉 의뢰인과의 통화로 그 애매한 느낌도 싹 가셨다.

— 우리 애 방금 집에 돌아왔어요. 초등학교 동창 애들도 다 같이 밥 먹고 무사히 집에 들어간 거 확인했구요. 뭐라 감사를 드려야 할지…….

"다행입니다. 다음에도 이런 일 있으면 꼭 연락 주세요."

— 흑……, 정말, 정말 감사합니다. 이제는 연락드릴 일 없을 거예요. 정말 고생 많으셨어요…….

전화를 끊고 나니 몸 관절이 삐걱대는 것과 별개로 기분은 날아갈 것 같이 상쾌했다. 그래서인지 지하철역 입구 계단을 내려가려다가 발목이 꺾일 뻔했다. 다 끝났다고 정신을 놓고 있으면 안 됐는데—.

그 순간, 누군가가 덥썩 내 팔을 잡아 넘어지려는 나를 붙들어 주었다.

"조심하세요."

"아, 감사합니다."

키가 큰 그 남자는 나를 쳐다보지도 않은 채 빠른 걸음으로 반대편으로 걸어가더니 곧 점이 되어 사라졌다. 야구 점퍼와 블랙진. 어디서 봤더라. 낯익은 얼굴인데 통 기억이 나지 않았다.

집에나 가자.

나는 어깨를 으쓱였다. 피곤과 수마가 몰려들어, 이제 그만 침대에 눕고 싶었다. 어쨌든, 처음 현장 업무는 대성공이다.

그거면 됐지, 뭐.

떠난다면 비밀로 해 줘

사무실은 여전히 한가했다. 나는 테이블에 갓 우려낸 수국차가 담긴 찻종을 내려놓았다. 소파에 앉은 사뫼는 노란 털보의 등을 벅벅 긁어 주고 있었다. 나는 렌즈를 잘 닦아 보관해 두었던 만화경을 꺼내 사뫼에게 건넸다. 만화경이 내 손을 떠날 때 아주 약간이라도 미련이 생길 줄 알았는데, 의외로 사뫼가 만화경을 받아들자마자 안심이 되고 홀가분한 기분마저 들었다. 털보의 입에서 골골대는 소리가 울렸다.

"마지막에 걱정했습니다. 그 애가 오답을 택할까 봐. 그 애, 끝까지 저를 믿진 않았지만……. 결국 그 애들은 모두 처음부터 끝까지 착한 친구들이었습니다."

"아니야, 그런 아이는 똑똑한 거야. 자신의 굴레는 그런 식으로 빠져 나오는 거란다. 너도 잘 기억해 둬."

사뫼가 자기 찻잔을 들어 한 모금 마셨다. 수국 향기가 퍼졌다. 석희가 자신의 목을 조르던 거대한 손가락들을 스스로 어떻게 부쉈는지 불쑥 떠올렸다. 끝까지 중요한 생각들을 잃지만 않으면, 순간순간의 작은 모욕이나 좌절엔 타격을 입지 않는 걸까.

"그나저나 악이, 너에게 빚을 갚을 인연이 생겼는걸?"

사뫼가 빙긋 웃었다.

"뭐……, 그 애라면 얼마든지요."

석희의 마지막 얼굴을 생각한 나는 마주 웃으며 액자를 꺼내 사뫼에게 보였다.

"아 참, 선불금으로 받은 이 액자는 내가 가져도 되죠?"

"그게 맞겠지."

소리를 지르고 싶은 것을 겨우 참았다. 흐흐, 이제 나도 내 소유의 귀물이 생겼다. 근데 이건 어떻게 쓰는 것일까…….

그 순간, 털보가 고개를 쳐들고 점프해 수국차를 마시던 사뫼가 깜짝 놀랐다.

캬릉―.

하루에 방문객이 한 명 올까 말까 한 우리 사무실. 그 유리문 앞에 오혜리가 서 있었다.

"어떻게 이곳까지 오셨습니까……?"

내 수국차는 혜리 몫이 되었다. 사뫼는 혜리에게 하악대고 있는 털보를 잡아 카운터로 이동하고, 혜리는 사뫼가 앉았던 자리에 그대로 착석했다.

혜리가 대답 대신 명함을 내밀었다. 내가 줬던 명함이었다. 깜짝 놀랐다. 뭐지? 이걸 왜 아직 버리지 않았지?

찻잔을 들고 곱은 손을 녹이던 혜리가 말했다.

"저, 기억을 잃지 않아서요……."

"예?"

그럴 리가 없는데?

혜리가 돌려준 명함을 살폈다. 이걸 가지고 있는 걸로 봐선 정말 기억이 남아 있는 모양이다. 혹시 이 명함 때문인가? 아닌데. 이건 귀물도 아니고, 주사로 쓰여진 부적도 아니고 보통 종이다. 그럼 무엇 때문이지?

"보통 기억을 잃은 탈출자들은 관련된 물품이 자신과 관계없다고 생각해서 깨끗이 버리는데……. 정말로 아직 기억이 남아 있습니까?"

"예, 왜 하필 저만……. 다른 애들은 아무것도 기억하지 못하는 것 같은데. 물어봤거든요. 예주도 인하도…… 그리고 석희도 우리가 방 탈출을 끝내고 피자를 먹은 것만 기억하던데, 저는 아직도 그 끔찍한 공간이 기억나고……, 꿈을 꿔요. 마지막 방에서 있었던…… 것들과 관련된 꿈을요."

혜리는 조금 울먹이면서 말했.

왜지? 왜 혜리에게만 기억이 남아 있는 걸까? 같이 괴이의 음식을 먹었는데. 괴이의 공간에서 음식을 먹으면 탈출 즉시 모든 기억이 날아간다. 그렇게 되지 않기 위해서 나는 양말 안에 괴황지로 된 부적까지 넣어 두었는데. 혹시 내가 혜리에게도 그 부적을 써서 줬나? 그런 적은 없는데.

그때, 무언가 놓치고 있다는 느낌이 머릿속을 스쳐 미간을 살짝 찌푸렸다. 뭐지? 뭘 놓치고 있는 걸까?

내가 침묵하고 있자 혜리가 차를 조금 마신 뒤에 목소리를 가다듬었다.

"저만 기억이 남겨진 이유가 뭘까 생각해 봤어요. 혹시 내가 친구들에 대해 모르는 게 너무 많아서일까? 더 알아보라는 걸까? 그런 생각도 들었거든요."

"……흠."

나는 찜찜한 느낌을 뒤로한 채 혜리의 이야기에 집중했다.

"그런데 그 생각들이 너무 괴로워요. 아까 얘기한 것처럼……제가 꿈을 꾸기 때문에요."

"꿈이요?"

"그…… 방 탈출 카페에 네 개의 방이 있었잖아요. 기억나세요? 그 방들은 제 친구들의 트라우마 그 자체였어요."

*

나는 꿈속에서 예주가 되어 있었다.

딱, 하고 무언가가 뒤통수를 때렸다. 아빠의 손바닥이었다. 나는 화들짝 놀라 일어섰다. 입가에 늘어진 침이 내가 베고 있던 책으로 뚝뚝 흘러내렸다. 주변을 둘러보니 책방이었다. 아빠가 쓰는 말로는 서재.

여기 벽을 터서 도서관 같은 커다란 서재를 만들어 주세요.

아빠가 어떤 아저씨한테 그렇게 말했던 게 기억난다. 그래서 이 책방은 우리 집에서 거실보다 큰 공간이 되었다.

아빠는 흔들림 하나 없는 눈동자로 나를 노려보았다.

"성예주, 그거 몇 권이나 된다고 다 못 읽고 자고 있는 거야?"

나는 혜리 말대로 바보 멍청이다. 아빠는 교수라고 했다. 대학교 교수. 그게 뭘까? 엄마 말로는 유치원 선생님보다 훨씬 똑똑한 사람이라고 했다.

"이거 외국어라 어려워요……."

"영어가 외국어야? 외국어는 프랑스어, 독일어, 스페인어, 이런 게 외국어지!"

아빠가 내 이마를 검지로 꾹꾹 눌렀다. 엄청 아팠다. 눈물이 고였다. 엄마는 어디 갔지? 이 방에 들어오기만 하면 날 늘 안아 주던 엄마는 머리카락 하나도 보이지 않게 어디론가 꽁꽁 숨어 버리는 것 같다.

"너는 네가 얼마나 호사스러운 환경에 있는 줄도 모르고! 너한테 내가 영재 교육을 시켜, 선행 학습을 시켜? 그냥 애들 권장 도서나 읽으라는 거잖아!"

'호사스러운'은 무슨 뜻이지? 영재도, 선행 학습도, 권장 도서도. 알아들을 수 없는 말을 하는 아빠도 이 알아볼 수 없는 글자들처럼 재미가 하나도 없다.

"다시 책 펴."

"읽기 싫은데……."

"뭐라고 했어!"

"읽을게요! 읽어요, 아빠, 읽을게요."

나는 고인 눈물을 손으로 얼른 훔쳐 냈다. 내 머리는 엄마를 닮아서 너무 나쁘다. 나랑 혜리의 머리통이 바뀌면 좋을 텐데.

혜리의 엄마와 우리 엄마는 친구인데, 혜리의 아빠와 우리 아빠와 함께 자주 만났다. 그때마다 우리 아빠는 얌전히 책을 읽고 있던 혜리더러 이렇게 말했다.

이 애는 정말 훌륭하네요.

훌륭하다는 것이 무슨 뜻인지는 모르지만, 아빠가 웃고 있는 것으로 봐서는 분명히 좋은 뜻이다.

혜리는 우리 유치원에서 제일 똑똑하다. 노랑머리 선생님이랑 웃고 장난도 잘 친다. 나는 그 노랑머리 선생님 무서운데. 자꾸 알 아들을 수 없는 우주인 말 같은 영어만 하는데. 혜리는 그 이상한 우주인 말도 잘 하고 숫자도 엄청 많이 안다. 역시 나랑 혜리의 머 리통이 통째로 바뀌면 좋을지도 모른다.

이상한 글자들을 한참 바라보았다. 빨갛고 노랗고 초록색의 알 록달록한 그림 옆에 쓰여진 이상한 글자들. 그림은 쉬운데 글자 는 하나도 안 쉬워. 빨간 건 사과, 노란색은 파인애플, 초록색은 나무. 그냥 그림만 그려 놓으면 안 돼요? 이상한 글자들도 꼭 있 어야 해요? 이런 걸 꼭 알아야 해요, 엄마?

나는 또 그 이상한 글자들과의 눈싸움에서 졌다.

"또 눈 감지!"

아빠가 다시 머리통을 때렸다. 정말 아빠는 내 머리통을 싫어 하나 봐. 어디서 바꿔 와야 하지? 전에 산 장난감 비행기는 날개 가 부러져 있어서 마트 아줌마가 다른 것으로 바꿔 주었는데. 마 트에 가면 바꿔 줄까?

그러면 아빠가 저렇게 노려보지 않을 거야. 내 머리통이 혜리 와 바뀌면.

그다음 날, 나는 석희가 되어 있었다.

우리 집은 화장실을 빼면 방이 하나다. 그 안에 부엌도 있고 거실도 있고 침실도 있다. 엄마는 잠글 수 있는 문은 모두 잠가 놓고 나간다. 창문도, 베란다 문도, 현관문도 내가 열 수 없게 되어 있다. 내가 나가면 미아가 되기 때문이라고 했다.

그런데 얼마 전부터 우리 집 부엌, 거실, 침실을 담당하는 형광등이 깜빡거린다. 그 밑에서 숙제를 하고 유튜브 동영상을 보면 눈이 아프다. 그래도 깜빡거리는 게 꺼지는 것보다는 나았다. 온통 새카만 것보다는.

휴대폰 불빛만 빼면 지금 내 주변은 수많은 검은색으로 뒤덮여 있다. 엄마는 언제 오지? 검은색이 너무 많은데. 냉장고 뒤도 새까맣고 찬장 옆도 텔레비전과 장식장 아래도 너무 까만데. 무언가가 금방이라도 불쑥 튀어나올 것 같아 무섭다. 그중에서도 거대한 까만색 장롱이 제일 무섭다.

아주 어렸을 적, 나는 저 장롱에서 쏟아져 나온 이불들에 깔려 죽을 뻔한 적이 있다. 그 후로 절대로 함부로 열지 않는 까만색 장롱은 해가 지고 나면 더 무서워진다. 장롱 주변으로 진 삼각형 그림자에서 금방이라도 유령이 뻗어 나올 것 같다. 게다가 벽이 마주 붙은 집에서 무언가를 쿵쿵 치거나 달그락거리는 소리가 너무 크게 들려서 자꾸 깜짝깜짝 놀란다.

엄마, 언제 와.

나는 훌쩍이기 시작한다.

아파트 창문 너머로는 놀이터도 보이고 꽃도 보이고 나무도 보인다. 그런데 나는 나갈 수가 없다. 해가 지면 그나마 꽃도 나무도 놀이터도 볼 수 없다. 시커먼 어둠뿐이다. 베란다에선 가끔 쉭쉭 하는 이상한 소리가 들린다. 가끔은 탕탕 하고 무언가를 때리는 소리도 들린다. 종종 키득키득거리는 소리도.

무서워서 이불 속으로 들어간다. 그런데 이불 속도 어둡다. 나는 울기 시작한다.

갑자기 누군가가 내 등 뒤에서 뭐라고 소리를 질렀다.

"시끄러워 죽겠네. 그만 좀 울어!"

옆집 애 목소리. 쟤네 집은 이렇게 안 어둡겠지. 그러니까 내가 우는 이유도 모르는 거다. 화가 나서 주먹으로 벽을 한 번 쳤다.

쿵쿵.

이게 해보자는 거야? 벽을 세 번 쳤다.

쿵쿵쿵쿵.

쿵쿵쿵쿵쿵.

쿵쿵쿵쿵쿵쿵.

쿵쿵쿵쿵쿵쿵쿵.

"야! 그만 쳐! 시끄러워!"

이건 밑 집의 무서운 아저씨 목소리다. 우리는 누가 먼저랄 것 도 없이 벽을 치는 것을 멈췄다.

그러자 다시 검은 것들이 눈에 들어왔다. 선반 서랍 뒤쪽의 검 은색. 그리고 휴지통 뒤의 검은색. 신발장 옆의 검은색.

나는 다시 훌쩍이기 시작한다.

그다음 날의 꿈에서 나는 인하가 되어 있었다.

6학년이 되자 예주는 요즘 부쩍 나를 따라다닌다. 원래 혜리와 제일 친한 줄 알았는데, 예주는 고개를 저었다.

"그냥 어렸을 때부터 엄마끼리 친구라서 친한 거지, 뭐. 내가 개랑 어떻게 친해지냐?"

그건 나도 그렇다.

혜리와 예주와 석희는 삼 년 동안 쭉 같은 반이었다. 4학년 때 우리는 모두 친했다. 그리고 지금도 모둠 활동이 있는 시간이면 선생님은 항상 우리 넷을 같이 짝지어 주신다.

어릴 때 복지관에서 처음 만난 석희와 나는 한때 엄청 친했지만, 석희는 요즘 들어 점점 바빠진다. 혜리의 집에 자주 가는 것 같고 귀가도 늦다. 그래도 혜리와 예주보다는 더 친하다고 생각한다. 특히 혜리가 나를 싫어하는 건 눈치채고 있다.

아무튼 요즈음은 예주와 같이 다니는 시간이 많다. 막 봄이 되기도 해서 우리는 자전거를 타고 여기저기 돌아다니는 중이다.

오늘은 학교 근처 공원에 왔다. 고양이와 참새를 쫓고 벤치에 앉아서 인기 급상승 음악을 틀어 놓고 듣는 중이다. 어제는 떡볶이를 먹고 스티커 사진을 찍고 무인 편의점에서 과자와 삼각김

밥, 컵라면을 먹으면서 세상 돌아가는 얘기를 했다. 초등학교 6학년이 보기에도 세상은 끔찍함으로 가득 차 있다. 우리는 가사도 모르는 힙합 음악을 듣고 주변에 꽉꽉 들어찬 나쁜 놈들을 비난하고 초록 불에 횡단보도를 쌩쌩 지나치는 멍청한 차들을 욕했다.

예주는 내 앞에서 자신의 아빠를 꼰대라고 표현했고, 나는 예주 앞에서 배드민턴부 애들을 일진 새끼들이라고 바꿔 말했다. 예주는 그것들이 진짜 일진인 줄 알고 있다. 하지만 솔직히 그 인간들을 일진 새끼들이라고 하는 건, 진짜 일진들에게 미안할 일이다.

"아, 체육관 가기 싫다. 운동화랑 라켓 가져와야 되는데."

"같이 가 줘?"

예주가 음악을 끄며 말했다.

"나 혼자 갈 수 있어."

"할 일 없는데."

"여기 자리 지키고 있음 되잖아."

마구마구 늘어나는 뼈마디가 시큰거리는 계절이었다. 나는 훌쩍 일어섰다. 생각난 김에 가져올까. 이 시간에는 체육관에 아무도 없을 테니까. 예주의 눈동자가 또르륵 굴러 나를 따라왔다.

"진짜 혼자 가게?"

"기다리고 있어."

"예, 보스."

예주가 키들거리더니 덧붙였다.

"야, 빨리 와야 돼. 전에 봐 둔 만화 카페 가기로 했잖아."

"알겠다, 인마."

학교와 공원은 담 하나 차이다. 담을 돌아서 정문 바로 옆에 붙은 체육관 문을 열었다. 처음에 이 체육관에 들어왔을 때는 엄청 설렜는데, 지금은 끔찍하기 짝이 없다.

체육관에는 역시 아무도 없었다. 라커 룸을 열자 지겨운 냄새가 났다. 빨리 꺼내서 나가야지. 내가 쓰는 라커는 맨 왼쪽 아래, 애들이 제일 쓰기 싫어하는 자리다. 일진 새끼들……, 아니, 같은 부 새끼들이 강제로 할당했다. 대걸레 바로 옆. 거미가 너무 많아서 운동복을 넣고 다니기도 그랬다.

라커를 열고 라켓과 신발을 꺼냈다. 주말 동안 넣어 두면 일진 새끼들한테 테러를 당하니까.

"야."

그때, 라커 룸 문이 쾅 하고 열렸다. 나는 인상을 찌푸렸다. 잘못 걸렸다. 빨리 집에나 가지, 꼭 할 일 없는 인간들이 학교에 남아 가지고.

"이게 어디서 눈을 부라려?"

주동자격인 녀석이 내 어깨를 밀쳤다. 라커에 부딪혀 아파하자 옆에 있던 떨거지가 낄낄댔다.

"너 누구 돈으로 운동하냐? 우리 돈이지?"

“…….”

“거지새끼가. 공짜로 운동하면서 우릴 우습게 알아?”

“아, 씨발.”

“씨발? 너 뭐라고 했냐?”

“미안, 욕이 나왔네. 근데 욕 나오라고 그런 말 한 거 아닌가.”

“이게 미쳤나? 야, 얘 잡아.”

“뭐하는 짓—.”

진짜 일진들도 요새 이런 짓 안 할 텐데. 두 명의 힘을 당해 내기엔 역부족이었다. 발버둥을 치자 내 로커 안에 처넣어졌다.

로커 문이 닫히니 불쑥 무서운 생각이 들었는데도 기이하게 마음이 가라앉아 침착해졌다. 나는 휴대폰 잠금을 풀고 말했다.

“무서운 게 없지? 정학 맞으면 운동 잘도 되겠다.”

“닥쳐. 거기서 반성해, 거지새끼야.”

“열어. 112에 신고하기 전에.”

“신고할 거야? 그 전에 도망치면 되는데?”

밖에서 깔깔대는 소리가 들렸다. 세상에서 제일 유치한 인간들이다.

“얘 설마 돈 없어서 운동 관두는 거 아니야?”

“아니야, 재 쪽팔려서 관둘걸? 만날 꼬질꼬질한 운동화 신고 하잖아. 채도 제일 싼 거 쓰고.”

남이 가난한 게 뭐 그렇게 고까운지. 혀를 찼다.

그 순간, 예주의 목소리가 들렸다.

"뭐야, 이 미친년들은?"

쟤 왜 왔지. 벤치 지키고 있으랬는데.

개싸움, 난투극이라는 것을 살며 처음 해 봤다. 6학년 여자 네 명이서. 나와 예주가 이겼다. 운동부 두 명이 상대였으니 잘 싸운 셈이다. 우리와 마찬가지로 할 일도 없으면서 남아 있던 교감 선생님과 아직 할 일이 남아 있던 경비 아저씨가 운동장에서 "거기 누구야!" 하고 소리를 질러서 승패를 제대로 가리는 것은 미뤄졌지만, 거의 이겼다고 할 수 있다.

"멍청이들……. 로커. L, O, C, K, E, R. 사물함이잖아."

예주가 피가 섞인 침을 바닥에 퉤 뱉었다.

"근데?"

"사물함에 사물을 가둬야지 사람을 가둬? 그런 게 진짜 대가리가 빈 거라고 할 수 있지. 정확한 단어 뜻도 모르잖아."

"그것도 그렇네."

예주가 편의점에서 산 반창고 갑을 열어 반창고 반절을 뜯어서 나에게 주었다. 우리는 다시 사이좋게 아까 그 벤치에 앉아 상처를 정비하는 시간을 가졌다.

"운동 관둬?"

"어."

“돈 없어서?”

아무리 들었어도 그렇지, 대놓고 말하는 게 어딨냐. 위가 울렁거리고 토기가 올라왔지만 애써 별것 아닌 척했다.

“어.”

반창고를 뜯어 팔에 난 상처에 붙였다. 하나, 둘, 셋, 넷. 많이도 할퀴어 놨다.

“진짜 이상하다. 돈이 없으면 하고 싶은 거 못 하고, 돈이 많으면 하기 싫은 거 해야 하고. 인하야, 아빠가 나 미국 가래.”

“……?”

“가기 싫은데, 그 미친 꼰대 새끼가 내가 한국에 있는 게 쪽팔린가 봐. 졸업하고 떠나래.”

좋겠다.

마음속에서 불쑥 올라왔다. 나쁜 마음이. 예주의 짜증스런 표정에 더 짜증이 났다. 심호흡을 해서 그 마음과 짜증을 천천히 가라앉혔다. 별것 아니다. 뭐, 인생은 다 쪽팔린 것투성이니까.

나는 예주를 향해 말했다.

“떠난다면 비밀로 해 줘.”

“뭐를?”

“오늘 일.”

예주는 어깨를 으쓱했다.

오늘의 화두

이야기를 마친 혜리가 길게 한숨을 내쉬었다.

"꿈을 꿀 때마다 너무 괴로웠어요. 저는 꿈에서만큼은 정말 '그 애'로 살고 있었거든요. 제가 그동안 해 왔던 겉핥기식의 이해와는 너무 달랐어요. 그리고……, 깨어나고 나서도 끔찍했어요."

"악몽이 계속되었습니까?"

"예, 하루도 빠짐없이. 그 방에 돌아가는 꿈을 번갈아 가며……. 하루는 도서관에 남겨졌고, 하루는 칠흑 같은 암흑 속에 있었어요. 하루는 체육관에서 괴롭힘을 당해야 했어요. 그런데 깨어나서 '꿈이어서 다행이야'라고 생각하지 않았어요. '또 이런 꿈을 꾸면 어떻게 하지'라는 끔찍한 생각만 들었어요. 내가……, 아무것도 모르면서 그 애들을 단편적으로 생각해 온 내가 객관적으로 보이기 시작하면서요."

혜리가 결국 눈물을 흘렸다. 나는 갑 티슈를 밀어 주며 묘한 기시감을 느꼈다. 언젠가 이런 적이 있었던 거 같은데. 맞아, 이 애 어머니한테도 이렇게 했었지.

"가장 오래 알았던 예주, 공부 때문이었지만 제일 가까웠던 친구인 석희도, 무의식중에 거리를 두고 서먹해했던 인하도……. 아무것도 모른 채 내 식대로 그 애들을 판단해 왔던 모습이, 그 생각이 너무 끔찍한 거예요……."

혜리가 티슈로 눈가를 찍어 냈다.

"혜리 씨는 몰랐잖습니까."

"모른다는 게 나쁜 거예요! 아무것도 모르면 그런 생각도 하지 말았어야 했어요. 석희는 자신의 상처 때문에 제 별것 아닌 이야기를 진짜라고 믿고, 엄청난 비밀처럼 지켜 주려고 했다구요! 저는 그런 석희를 비웃었어요. 이해할 수가 없었고, 이해하려고 노력도 하지 않았어요. 이제야 왜 개들이 그 일들을 저에게 말하지 않았는지…… 그 이유를 알 것 같아요."

"그 이유가 무엇입니까?"

혜리가 코를 훌쩍거렸다. 잠시 후, 코 푸는 소리가 났다. 골이 난 듯 캬릉거리는 털보를 추켜 안은 사뫼가 걱정스러운 눈으로 이쪽을 바라보고 있었다.

"저는 개들과 다른 사람이라고 생각했거든요. 아예 다른 종류의 사람이라고……. 그전까진 석희는 같다고 생각했지만, 비밀이

밝혀진 그때, 순간적으로 석희도 다르게 보였어요. 그 애들은 내가 그런 생각을 갖고 있다는 걸 알고 있었던 거예요."

"……."

"그러고 나니 그 애들이 그 방에 계속 갇혀 있을 수밖에 없던 이유가…… 나 같은 인간들의 시선 때문이라는 생각이 들었어요. 전 계속 꿈을 꿨어요. 예주가 되어서 꼼짝 않고 몇 시간씩 글자가 엉망진창인 책을 읽는 걸 거대한 눈의 사서에게 감시당하는 꿈을 꿨고, 어린 석희가 되어 환촉을 느끼며 어둠을 견디는 꿈을 꿨어요. 인하가 되어서 체육관에서 다른 애들에게 멸시당하고 거미줄이 잔뜩 있는 낡은 라커에 갇히는 꿈을 꾸고 나서, 깨달았어요. 깨고 나면 자연히 알게 돼요."

혜리는 고개를 푹 숙였다.

"그게 사실 꿈이 아니라는걸요……."

꿈인데 꿈이 아닌 꿈. 그건 사실 누군가의 기억일지도 모른다. 기억을 조작하는 괴이의 장난질의 일종인가? 근데 왜 혜리에게만 이런 일이 일어났을까.

나는 혜리가 감정을 조금 추스르기를 기다렸다가 말했다.

"기억납니까? 첫 번째 방. 무슨 혓바닥 레스토랑이었나?"

"네, '붉은 혀 패밀리 레스토랑'."

"그 방에서 우리 모두 같은 음료를 먹었는데, 그게 사실 혀입니다. 혹시나 해서 따로 자료를 찾아봤는데 역시 그 괴이의 혀였습니다. 그 입만 있던 파리지옥 같은 점액질 괴이에게 혀가 없었던 거 기억합니까? 그 녀석들은 인간의 시간과 기억을 조종하기 위해서 자신들의 혀를 잘라 인간들에게 먹입니다."

혜리의 표정이 사정없이 구겨졌다.

"으으……, 갑자기 그런 얘길 왜 하세요?"

"요는, 괴물의 일부를 먹으면 괴물이 원하는 방향으로 기억이 통제됩니다. 규칙을 어기면 규칙을 어겼던 방의 기억이 모두 날아갔던 거, 기억나십니까? 그들은 인간들이 자신들을 퇴치하지 못하도록, 자신들이 점유한 공간에 대한 정보를 서로 공유하지 못하도록 탈출자의 기억을 지워 놓습니다. 여담인데……, 그런 음식을 지나치게 많이 먹으면 때론 인간으로서의 모든 기억을 잃고 괴생명체가 되기도 합니다."

나는 혜리를 바라보며 계속 말했다.

"똑같이, 내 머릿속 생각만을 끊임없이 취식하면 내 머릿속에 갇히게 됩니다. 괴물의 음식만 줄곧 먹으면 결국 괴물이 되는 것처럼."

캬릉!

노란 털보가 결국 사뫼의 품에서 빠져나와 이쪽으로 달려들었다. 사뫼가 곧 따라 뛰어와 테이블 근처에서 간신히 녀석을 잡았다. 나는 혀를 한 번 찼다. 털보 녀석, 오늘따라 왜 저래?

나는 말을 이었다.

“타인과 다르다는 건 당연한 거고, 좋은 일입니다. 그 친구들도, 혜리 씨도 서로 다른 경험을 나누어 가져야 자신만의 굴레에 빠지지 않게 됩니다. 세상은 무수한 인과 연을 만드는데, 그건 어떤 특정한 집단에 한정되어 있지 않습니다. 어쩔 수 없이 엮이게 되는 겁니다. 하나의 생각에 빠지지 않게 하기 위해서. 기억나십니까? 음식에서 이질적으로 씹히는 게 모두 벌레가 아닌 것처럼.”

혜리가 약간 머뭇거리며 말했다.

“하지만……, 다르다는 건 무섭잖아요.”

“에이, 괴물들의 세계에서 한참을 지내 놓고? 그것들이 인간과 다르게 생긴 것도 다― 이유가 있는 겁니다.”

혜리가 망설이더니 말했다.

“혹시…… 제가 괴물이 되었을까요? 그래서 기억을 잃지 않는 걸까요? 생각해 보니 그때 이것을 가지고 나왔었어요. 어떻게 해야 할지 몰라서 일단 가져왔는데.”

혜리가 주머니에서 휴지로 싸 놓은 괴이의 손가락 마디를 내밀었다.

저게 뭐지……? 하다가 기억이 났다. 내 실수다. 예주가 부쉈던 ‘하얀 손 호텔’의 거대한 귀에서 삐져나온 흰 손가락, 터럭의 일부. 그걸 혜리가 주웠었다. 그곳에 두고 나오라고 했어야 했는데 새카맣게 잊고 있었다. 저것이 혜리의 악몽인이 된 게 틀림없다.

혜리에게서 손가락 마디를 받아 들려는 순간, 사뫼에게 다시 안겨 그르렁대던 털보가 펄쩍 점프해서 그것을 물어 갔다.

그리고 아득아득 씹어 먹었다.

끄으으으으아아아까아아아아아아끼이이이이이이이꾸우우우우우우우우우……..

기이하고 끔찍한 목소리가 잠시 내 머릿속에서 울렸다가 사라졌다. 혜리도 온 미간을 찌푸린 채로 귀를 막았다. 털보 녀석이 조각을 모두 삼킬 때까지.

사뫼가 털보에게 물었다.

"어? 악몽인을 전부 먹어 버렸니?"

그 기특한 고양이는 아무렇지 않게 야옹야옹 울었다. 나는 그것을 쌌던 휴지를 들어 곧장 라이터로 태워 버렸다.

"악몽인? 악몽인이 뭐죠?"

귀에서 손을 뗀 혜리가 테이블 옆에 서 있던 사뫼에게 물었다. 사뫼는 노란 털보를 끌어안았다. 녀석은 이제 그르렁대지 않고 조용하게 안겨 있었다.

"당신의 악몽을 만든 물건이에요. 하지만 이제 안심해도 돼요. 악몽을 다시 꾸진 않을 거니까."

혜리가 반색하며 되물었다.

"정말요?"

"네."

"……근데 고양이가 먹었어요! 어떡하죠? 죽을지도 몰라요!"

"아니에요. 고양잇과 동물은 괴이의 천적이랍니다. 먹는다고 죽을 리가요. 괴이의 일부가 방금 소멸하긴 했지만."

혜리가 눈을 반짝였다.

"그럼 다 해결된 건가요?"

아까와 달리 혜리의 볼에 생기가 돌았다. 사뫼가 고개를 가로저었다. 내가 말할 차례였다.

"근데 그건 어디까지나 악몽을 만들 뿐이고, 꿈에서 깨면 이 세계에 속하지 않은 기억들은 사라져야 합니다. 탈출하고부터 바로……. 저희가 어디서 만났는지 기억나십니까?"

"방 탈출 카페에서 만났잖아요. 이상한 방들이 계속 반복되는 끔찍한……."

나는 얕게 한숨을 내쉬었다.

"아……, 아직 기억이 남아 있군요."

"그러게요……."

혜리의 표정이 다시 침울해졌다.

왜 기억이 남았을까? 혜리에게 오늘의 화두를 주기 위해서?

모든 건 다 인연으로 이어져 있다고 했다. 사뫼의 시선이 느껴졌다. 고양이 털보는 할 일을 다 했다는 듯이 나른한 미소를 짓고 있었다.

그래, 할 일이 남아 있는 거야. 이 애가 다시 이곳에 온 것도 아직 끊어지지 않은 연이 있어서다.

끊어지지 않은 연?

무의식중에 가족이라는 단어가 떠올랐다. 바로 책상 위에 둔 액자에 시선이 가 닿았다. 제대로 현실로 돌아왔는지 확인하기 위해 한 번 살펴본 걸 제외하고는 사진에 신경을 쓴 적이 없어, 미처 돌려주지도 못했다. 그러고 보니 혜리가 현실에서 사라졌을 때 유일하게 혜리의 존재를 기억하고 있던 건 저 애의 어머니뿐이었지.

나지막한 혼잣말이 튀어나왔다.

"놓친 게 뭔가 했더니."

액자 속 사진은 여전히 다정한 모녀의 한때를 담고 있었다. 인화된 사진이 귀한 시대인데 이런 실수를. 나는 사진을 낡은 액자에서 조심스레 꺼냈다. 혜리가 얼떨떨해하며 사진을 받았다.

"아……?"

곧 외마디 탄성을 지른 혜리는 멍한 표정으로 주변을 두리번거렸다. 역시 이 액자는 귀물이 맞아.

나는 아무렇지 않게 말했다.

"어머님에게 가져다드리세요."

"어……, 여기 사진관인가요?"

뭐로 보나 그렇게는 안 생겼을 텐데.

혜리가 어리둥절한 얼굴로 소파에서 일어섰다.

"이 동네에 이런 곳 있는 거 처음 알았어요."

"무섭죠?"

혜리의 대답이 의외였다. 분명히 기억을 잃었을 텐데.

색다르고 좋은데요.

그렇게 말한 혜리가 눈을 접어 웃었다. 고양이가 골골, 사뫼도 빙긋. 서로 잘 알지도 못하면서 웃는 표정만큼은 참 비슷했다.

이 소설을 쓰며 '나폴리탄 괴담'이라는 장르로 장편을 쓰는 것이 내 역량으로는 무리가 아닐까? 라는 생각을 자주 했다. 쓰는 내내 장르와 타협을 해야 했고 결과적으로 이 작품은 나폴리탄이라기보다는 작중 등장하는 파네스파게티 정도 되는, 근본이 아리송한 이야기가 되었다. (어떤 스파게티든 참 맛있긴 하다.)

그럼에도 불구하고 내가 이 이야기에서 하고 싶은 말을 하려면 지킬 수 없는 규칙과 탈출할 수 없는 방들이 있어야 했기 때문에 그 형식을 차용할 수밖에 없었다. 사실 중간 즈음 생각해 놓았던 결말이 맘에 들지 않아 글을 포기하고 싶은 마음도 있었지만, 결국 끝까지 썼다.

나폴리탄 괴담의 기묘한 붉은색을 기대했던 독자님이 있다면 부드럽고 하얀 파네스파게티만큼의 간극에 대해 죄송하다는 말씀을 드려야겠다. 그럼에도 끝까지 읽어 주셔서 감사하다는 말도 덧붙인다.

이 이야기를 창작하며 나는 나의 한계에 부딪힌 느낌이었다. 영안이 없는 퇴마사 지원 인력인 악이 캐릭터가 선명해질 때까지 골머리를 앓아야 했다. 악이는 지금까지 내가 만든 어떤 캐릭터보다도 많이 의지했던, 소중한 캐릭터다. 이 이야기의 끝을 보고 싶었을 때마다 악이의 심정에 이입했고, 볼 수 없는 것을 보려는 것이 욕심임을 깨닫자 새로운 결말이 보였다. 그리고 어쨌든, 만족했든 그렇지 않든 내가 할 수 있는 한의 맺음을 지을 수 있게 되었다.

어떤 사람은 개인 한 명의 재능과 노력만으로도 위기를 빠져나갈 수 있다고 말하지만, 그것은 극히 일부에게만 맞는 말이다. 특히 회복할 수 없는 상처를 입었을 때는 더욱 그렇다. 어떤 상처는 홀로 틀어박혀 폐관 수련을 한다 해도 잘 낫지 않는다. 위대한 인간이라면 만 번 시도에 한 번 정도 성공할지도 모르지만, 인생은 무협지가 아니다. 자신을 가둔 방에서 탈출하려면 외부의 것들이 필요하다. 낯설더라도. 어떤 존재가 당신의 구원자가 될지는 아무도 모르는 일이다.

오늘도 맴도는 생각 안에 나를 가두었을 사람들에게, 수많은 자책감에 둘러싸여 살아가고 있을 많은 사람에게 말하고 싶다.

어제는 실패했지만 오늘은 탈출에 성공할 수도 있다. 그러니 아래를 시도할 것.

① 주변에 도움을 요청할 것.

② 도움을 받을 만한 사람이 없다면 다른 사람이 쓴 생존 수칙을 최대한 찾아 읽고 숙지할 것.

③ 계속 탈출 신호를 보낼 것.

④ 그리고, 나 이외의 것과 교류하는 일은 언제나 위대한 모험이라는 걸 잊지 말 것.

이제 이 글의 완성까지 도움을 준 존재들에 대해 이야기해야 할 타이밍이다. 사랑하는 우리 가족—늘 나를 지지해 주시는 엄마, 아빠, 동생과 늘 곁에 있는 온물이, 항상 내 소설의 대박을 빌어 주는 천사 같은 베프s, 마지막까지 많은 조언과 아낌없는 도움을 팍팍 쏟아부어 주신 전유진 선생님, 표지 일러스트레이터 쿠보 이사코 님, 항상 신세를 지고 있는 자음과모음 편집부, 마케팅 팀, 디자인 팀을 비롯해 이 책이 나오기까지 애써 주신 모든 분, 그리고 너그러우신 정은영 대표님께도 감사의 말씀을 올린다.

힘들어서 죽을 것 같은 시기에 날 웃게 해 준 '퀀텀 오브젝트', 유니크 광자이자 픽셀로밖에 만날 수 없는 외계인 다섯 분과 이 글을 쓰면서 가장 많은 끼니를 책임져 줬던 풀무원 홍게짬뽕 및 오뚜기 오동통면에게도 감사를 드린다.

원래 가장 감사드려야 할 분은 마지막에 등장하는 법이다.

여기까지 읽어 주신 여러분, 감사합니다. 독자님의 위대한 모험을 언제나 응원합니다.

이 책이 모험가 여러분의 든든한 부적이 되기를 바랍니다.

모든 것이 꽝꽝 얼어붙어 봄을 기다리는

26년 첫 달 겨울 저녁에,

이도해

노 모어 나이트메어

초판 1쇄 인쇄일 2026년 2월 9일
초판 1쇄 발행일 2026년 2월 24일

지은이　　이도해
펴낸이　　정은영
편집　　　전유진 김은혜 김수진
디자인　　강우정
마케팅　　이언영 임동렬 임병천 박채윤
저작권　　신은혜 김현영
제작　　　홍동근

펴낸곳　　(주)자음과모음
출판등록　2001년 11월 28일 제2001-000259호
주소　　　10881 경기도 파주시 회동길 325-20
전화　　　편집부 (02)324-2347 경영지원부 (02)325-6047
팩스　　　편집부 (02)324-2348 경영지원부 (02)2648-1311
이메일　　편집부 jamoteen@jamobook.com 저작권 ip@jamobook.com

ISBN　　　978-89-544-7355-2 (43810)